神偷阿嬤

GANGSTA GRANNY

大衛・威廉 著
東尼・羅斯 繪
謝雅文 譯

晨星出版

獻給菲利浦・奧尼，
他是我見過最勇敢的男孩。

「在這閃耀著寶石般光芒的書中，大衛．威廉絕佳地掌握了高明喜劇與真摯情感間的平衡。」

——《每日郵報》

「任何認為阿嬤們只會穿著紫紅色羊毛衫和玩拼字遊戲的人，包準你會笑到翻過去。」

——《電訊報》

「傳承了幻想大師——羅德．達爾那揶揄和幽默的驚人天分。」

——澳洲《信差郵報》

推薦序1

大衛．威廉的作品，光聽書名就很有吸引力！

從小就喜歡聽寓言故事的我，看到了「神偷阿嬤」立刻眼睛一亮、充滿遐想：這位神偷阿嬤是功夫高手？江洋神偷？魔法巫婆？還是天上謫仙呢？想不到這樣一位沈默內斂又平凡無奇的獨居老太太，竟然眞實身分是「國際頭號珠寶神偷」，還夢想著要擁有英國女王的整套王室珠寶。當每個週末都會被爸媽扔到這裡（度假）的小班發現了這個祕密之後，一向沒有自信又缺乏關愛的他，突然對眼前這個無聊的老太太，充滿了羨慕和好奇的心，爲了要幫助阿嬤完成夢想，小班開始懂得如何對人付出關愛並且努力改變自己！

這本書利用了簡單而寫實的家庭關係，刻畫出不凡的祖孫感情，在詼諧、逗趣、奇想的故事發展中，巧妙的探討了隔代教養、夢想追求和自我認同的嚴肅議題，適合大朋友帶著小朋友一起來閱讀！

另外，書中還有童書繪本大師東尼•羅斯的插畫，簡單的筆觸和線條，勾勒出豐富的童趣和想像，成爲我們融入少年「班」的奇幻漂流這段旅程中，不可或缺的情感催化劑！

看完了「神偷阿嬤」，不僅讓我想起了童年的許多回憶，也不禁讓我想起了從小就很寵我疼我的～親愛的阿嬤。

阿嬤！妳好嗎？妳還記得我嗎？

——從從　唐從聖

推薦序2

一個滿身甘藍菜味的乏味阿嬤，一個極度沒自信的膽小孫子，
竟然都有各自的祕密，
而且決定一起完成一個驚人的冒險，就是——偷取王室的珠寶。
於是，
阿嬤變成了——身手靈活飛簷走壁的神偷，
孫子變成了——熟知英國地下水道的高手。
眞的可以完成任務嗎？
千萬不要以爲這本書就只有這點精彩！

祖孫令人噴飯的對白——請你千萬不要邊吃飯邊看這本書，
因爲對面的人臉上會都是你的飯粒；
插畫詼諧幽默的吐嘈——請你千萬不要邊坐車邊看這本書，
因爲旁邊的客人會被你突然的笑聲嚇到摔倒。

還有，
故事的結尾如果你被感動到忍不住流下眼淚，
千萬不要怪我沒有事先告訴你喔……

——故事屋創辦人　張大光

目錄

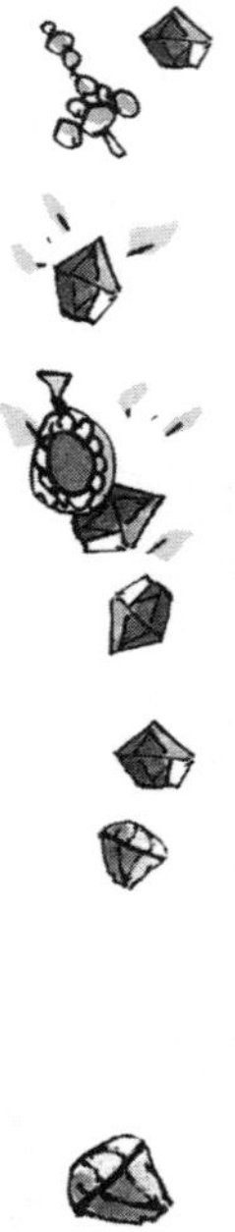

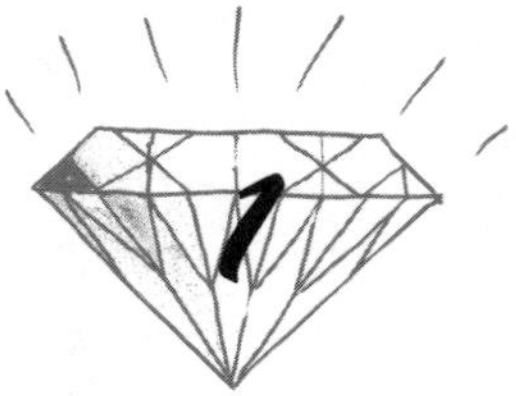

甘藍菜水

「可是阿嬤那裡超超超無聊的，」小班說。這是個寒冷的十一月星期五傍晚，他照慣例被扔到爸媽車子的後座，準備前往他的恐怖阿嬤家過夜。

「**所有的**老人都很無聊。」

「不許你這麼說阿嬤。」老爸邊用他胖嘟嘟的肚腩抵著褐色小車的方向盤，邊小聲地說。

「我討厭和她在一起，」小班抗議著，「她的電視不能看，只想玩拼字遊戲，而且身上總是有菜味！」

「平心而論，兒子說得也沒錯，她身上的確有菜味。」老媽一邊表示贊同，一邊趕時間畫脣線。

「老婆啊，妳這是愈幫愈忙，」老爸嘀嘀咕咕，「我媽最糟也頂多是散發煮熟蔬菜的微微臭味罷了。」

「我可不可以跟你們一起去？」小班懇求道，「我愛死什麼腳擠舞了。」他找了個藉口。

「是交際舞，」老爸糾正他。「你根本不喜歡。你之前說過：『我寧願吃自己的鼻屎，也不要看那種垃圾表演』。」

小班的爸媽是交際舞的**頭號舞痴**。有時候小班覺得他們熱愛交際舞勝過於他。每到星期六晚上，爸媽絕對不會錯過一個名叫《群星尬舞擂台》的電視節目，節目上都會邀請名人和專業交際舞者配對成雙共舞。

事實上，如果他們家失火，而老媽只能選擇

救一隻金光閃閃的踢躂舞鞋或是她的獨子，小班覺得她可能會選擇救鞋。今晚他的爸媽要去巨蛋看《群星尬舞擂台》的現場演出。

「我不懂你爲什麼不放棄當水管工的管線大夢。」老媽說。

車子開過一處特別顚簸的減速丘，顚了一下，害她脣線畫歪到臉頰上。老媽習慣在車上化妝，這意味著當她抵達目的地時，看起來時常像個小丑。

「說不定，搞不好呀，最後你能上《群星尬舞擂台》表演呢！」老媽興奮地補充道。

「那樣跳來跳去很白痴耶。」小班說。

老媽啜泣了幾聲，並抽手拿面紙。

「你把你媽惹哭了。小班，現在給我保持安靜，這樣才是我的乖兒子。」老爸語氣堅定地對他說，並接著把音響的音量調高。不用說也知道，放的是《群星尬舞擂台》的ＣＤ。封面以華麗醒目的文字印著《當紅電視秀五十首勁歌金曲》。小班非常討厭這張ＣＤ，因爲他已經聽過一百萬遍了。他聽的次數多到，覺得那些歌可以拿來當作殺人武器。

小班的媽媽在一家名叫「蓋兒美甲」的美甲沙龍上班。由於上門的顧客不多，老媽跟另一位在那裡工作的小姐（不意外，她叫蓋兒）大多時間都在幫彼此美甲。拋光、清潔、修剪、塗指彩、銼平、快乾護甲、做水晶指甲和彩繪指甲。她們一整天都在幫彼此美容指甲（除非法拉法拉里上日間時段的節目）。這表示每次老媽回家的時候，指尖總是貼著超長又多彩的指甲片。

反觀小班的爸爸，他在一家超市當保全人員。在他二十年職涯中，迄今爲止的顚峰代表作是：攔下把兩盒人造奶油藏在褲子裡的老人。雖然老爸現在已經胖到追不上任何搶匪，但以他的噸位擋住他們的去路絕對不成問題。

老爸之所以會認識老媽，是因爲他誤以爲她想順手牽羊偷走一袋洋芋片；一年內他們就互許終生。

車子拐進格雷死胡同，阿嬤住的平房就座落在此。這裡一整排都是看起來相當寒酸的小屋，住戶以老人居多。

車子停下來，小班把目光慢慢地轉向平房。在客廳裡向窗外引頸期盼的正是阿嬤。望眼欲穿。癡癡盼望。她總是在窗邊等著他來。小班不禁心想：

她到底等多久了？從上星期就開始等了嗎？

小班是她唯一的寶貝金孫，就他所知，從來沒有其他人拜訪過她。

阿嬤揮揮手，對小班微微一笑，小班只能勉強擠出一絲笑容回應。

「那好吧，我或是你媽明天早上十一點左右會來接你。」老爸說。他沒把汽車熄火。

「可不可以十點就來接我？」

「小班！」老爸咆哮道。他解開兒童安全鎖，小班怒氣沖沖地把門推開、步出車門。小班當然沒必要再用兒童安全鎖，他已經十一歲了，怎麼可能在車子行進間打開車門？他懷疑老爸只是用它來防止他在去阿嬤家的路上跳車。他身後的車門咚的一聲關上，引擎也同時加速。

他還沒來得及按門鈴，阿嬤就打開家門了。一陣濃濃的甘藍菜味撲鼻而來，那簡直就像這股氣味使勁地賞了小班一個耳光。

她跟大家刻板印象中的阿嬤差不多：

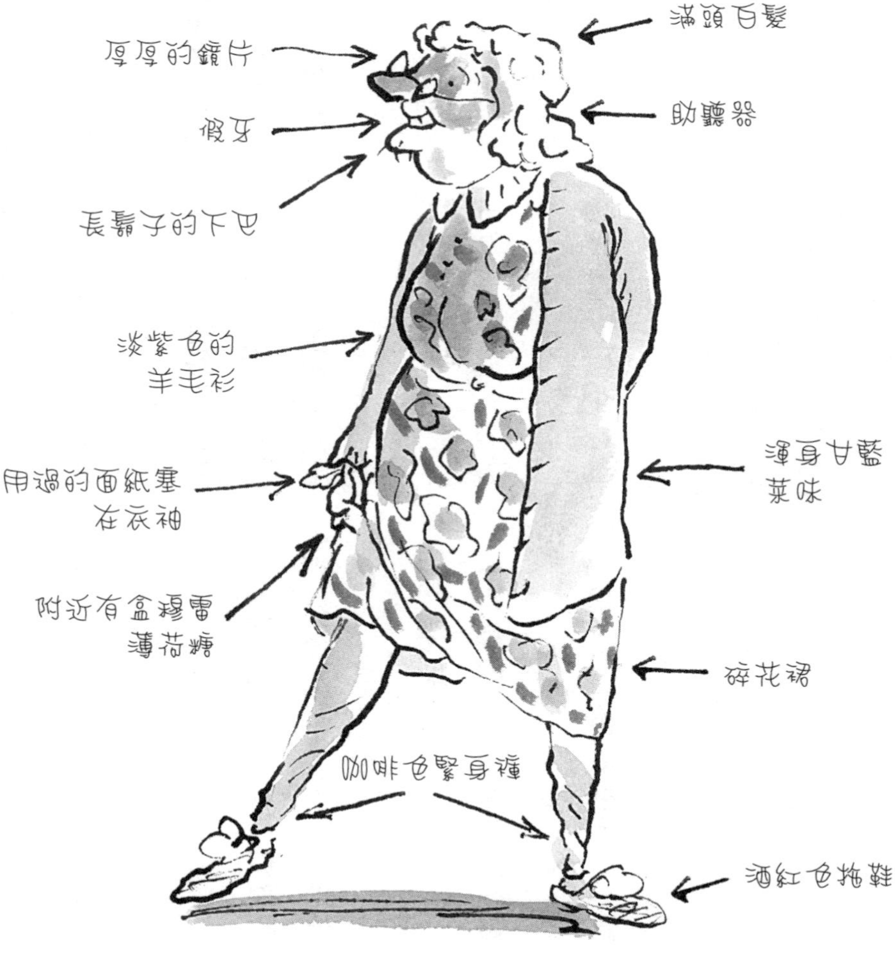
滿頭白髮
厚厚的鏡片
助聽器
假牙
長鬍子的下巴
淡紫色的羊毛衫
渾身甘藍菜味
用過的面紙塞在衣袖
附近有盒穆雷薄荷糖
碎花裙
咖啡色緊身褲
酒紅色拖鞋

「把鼻跟馬迷不進來嗎？」她看來有些失望。這是小班受不了她的其中一點：她老是把他當作小寶寶般地講話。

轟隆隆——轟隆隆——轟隆隆隆隆隆。

小班跟阿嬤一起目送褐色小車，看著它在減速丘彈了一下後便疾馳而逝。老爸老媽跟小班一樣不喜歡和她相處。這裡只是他們小週末夜扔下他的好地方。

「不了，嗯……抱歉呀，阿嬤……」小班語無倫次地說。

「哦，這樣啊，那好吧，」她咕噥著說。「跟你說，拼字板我擺好囉，至於飲料，我準備了你最愛喝的……甘藍湯！」

小班的臉垮到不能再垮了。他在心裡大吼：**我我我我我不不不不不要要要要要！**

2 呱呱小鴨

不久後，祖孫倆便死氣沉沉的面對面坐在飯廳餐桌前。一如每個星期五的夜晚。

小班的爸媽就算沒收看《群星尬舞擂台》，也會吃咖哩大餐或上電影院。星期五晚上是他們的「約會之夜」。自小班有記憶以來，只要爸媽打算出門，他們就會把他丟到阿嬤家。如果他們沒打算要看《群星尬舞擂台現場演出》的話，通常會去泰姬瑪哈陵（那是大街上的一家咖哩料理店，不是那座印度古代白色大理石的歷史遺跡）。

整間房子裡唯一能聽到的，是壁爐台上旅行鐘的滴答作響、金屬湯匙和瓷碗相擊的叮噹響，以及阿嬤那不靈光的助聽器偶爾發出的尖嘯聲。

這個儀器似乎不是用來輔助阿嬤的聽力，而是要害其他人耳聾。

這是小班不喜歡阿嬤的其中一個原因。其他原因還包括有：

1）阿嬤老是把塞在她羊毛衫袖口的面紙掏出來，朝上面吐痰，然後用同一張幫她的乖孫擦臉。

2）她家的電視從西元一九九二年起就壞了，現在上面積的灰塵厚到好像長毛。

3）她家裡書滿四壁，總是想叫小班多看書，偏偏他最討厭看書了。

4）阿嬤堅持一年四季都要穿冬天的厚外套，就連熱死人的酷暑也不例外，因爲如果不這樣的話，那件外套就無法充分發揮它的價値。

5）她身上散發甘藍菜的臭味。（如果有人對甘藍菜過敏，就絕對不能進入她的方圓十里內。）

6）阿嬤對於出門玩瘋了的概念是：拿發霉的麵包屑餵池塘的小鴨。

7）阿嬤老是放屁又不承認。

8）她放的屁聞起來不只是甘藍菜的氣味，而是——爛掉的甘藍菜。

9）阿嬤叫你上床睡覺的時間，早到好像一開始根本就不值得起床。

10）她會幫她唯一的金孫織一件上面有小貓小狗圖案的套頭毛衣，用來當作聖誕禮物；而小班的爸媽會逼他整個聖誕假期都不准脫掉。

「湯好不好喝？」老太婆問他。

前十分鐘小班一直在碗裡攪拌那淡綠色的液體，希望它能夠憑空消失。

但它並沒有人間蒸發。

而且現在還變涼了。

幾片冷冰冰的甘藍菜在冷冰冰的甘藍菜水中漂浮著。

「嗯，很好喝，謝謝。」小班回答。

「那就好。」

滴答滴答。

「那就好。」老太婆又講了一次。

叮噹。

「那就好……那就好……。」

阿嬤似乎跟小班一樣，很難和對方開啓話匣子。

叮噹噹啷。**嘰**。

「學校還好嗎？」她問道。

「很無聊。」小班咕噥道。大人老愛問小朋友在學校過得怎樣。這肯定能榮登小孩討厭話題的排行榜。你就算人在學校，也不會想討論有關學校的事啊。

「哦。」阿嬤說。

滴答噹啷嘰滴答。

「這個嘛，我得去看看烤箱

了，」在漫長的無言延伸成更加冗長的沉默後，阿嬤對他說。「我正忙著烤你最愛的甘藍派呢。」

她從椅子上緩緩起身，走向廚房。她每走一步，就有一小團空氣從她鬆垮垮的屁股排出。聽起來像是小鴨在呱呱叫。她要嘛是沒發現，要嘛就是演技精湛，假裝自己沒發現。

小班目送她離開位子，就躡手躡腳地走到房間另一邊。這可是高難度的動作呢，因爲成堆的書無所不在。小班的阿嬤愛書成痴，好像老是埋首書堆。書架上擺的、窗台上排的、角落裡堆的全都是書。

犯罪小說是她的最愛。有關神偷、銀行搶犯、黑手黨之類的書。小班不太知道竊賊跟歹徒有什麼不一樣，但神偷聽起來厲害多了。

小班雖然討厭看書，但卻很喜歡欣賞阿嬤藏書的封面，上面有色彩鮮豔的跑車、槍砲和辣妹。小班很難相信他那年邁的老阿嬤居然喜歡這些看起來很驚悚的書。

小班心想：**她為什麼對神偷那麼著迷啊？神偷既不住在平房，也不玩拼**

字遊戲，而且八成不會散發甘藍菜的氣味。

小班不太會讀書，學校裡的老師讓他覺得自己很笨，因為他完全跟不上進度。女校長甚至把他降級一年，希望他能跟上大家。結果他的朋友全都分到別班，他在學校時幾乎跟待在家裡一樣孤單，他的爸媽心裡頭只有交際舞。

在經過差點被一疊寫實犯罪小說絆倒的冒險片刻後，小班終於來到角落的盆栽前。

他迅速地把碗裡的湯倒進盆栽裡。植物看起來已經半死不活，但就算它還剩下最後一口氣，阿嬤的冷甘藍湯也一定會送它上西天。

這時小班突然聽見阿嬤走回飯廳、屁屁噗噗作響的聲音，於是趕快衝回餐桌。他坐在那裡，一手握著湯匙，面前擺著空碗，盡可能地裝無辜。「阿嬤，湯喝完了，謝謝。好好喝哦！」

「那就好，」老太婆一邊說，一邊用托盤盛著燉鍋，步履蹣跚地走回餐桌。「乖孫，我替你準備了很多喔！」她面帶微笑，又幫他舀了一碗湯。

小班驚恐地倒抽一口氣。

3 水管工程週刊

「拉吉，我找不到《水管工程週刊》。」小班說。

隔週星期五，小班在一家報攤小舖的雜誌架前走來走去。他遍尋不著最愛的刊物。那本雜誌的目標讀者是專業水管工，一頁又一頁的水管、水龍頭、水槽、浮球閥、水箱和排水管，這些都讓小班心醉神迷。《水管工程週刊》是他唯一喜歡的讀物——主要是因爲雜誌裡塞滿了圖畫和圖表。

打從手能握住東西的年紀開始，小班就愛上水管工程。當其他小朋友在浴缸裡玩小鴨的時候，小班卻向爸媽要水管零件，組成複雜的水道系統。假如家裡的水龍頭壞了，他會修理。假如馬桶堵住了，小班非但不覺得噁心，反而因此欣喜若狂呢！

可是小班想當水管工的心願，並沒有得到爸媽的認可。他們希望兒子賺大錢、變名人，但就他們所知，世界上從來沒有名利雙收的水管工。小班手的靈巧度相當於他讀書的拙劣度；每當有水管工來修漏水時，他都被深深吸引，在一旁肅然起敬地觀看，就好比年輕醫師觀摩名醫前輩在手術室幫病人開刀的樣子。

但他老覺得自己辜負爸媽的期望。他們巴不得他能夠實現自己無法達成的心願：成爲一名職業交際舞者。小班的爸媽太晚發現自己對交際舞的熱情，導致舞王舞后夢碎。而且老實說，他們好像寧可坐著看電視表演，也不願親自踏上舞池。

因此，小班努力地隱藏自己的喜好。他會把《水管工程週刊》藏在床底下，免得讓爸媽傷心。而且他跟拉吉講好了，每個禮拜這位報攤老闆都會幫他留一本水管工程雜誌。只不過現在他遍尋不著。

小班在搖滾雜誌跟八卦雜誌後頭翻找，甚至不忘在《女士》底下尋覓（我指的是一本名叫《女士》的雜誌，不是眞的女士），可是同樣徒勞無功。拉吉的店亂到爆炸，但客人還是不遠千里而來，因爲他總能爲他們帶來歡笑。

拉吉站在梯子中央，正在佈置聖誕節的裝飾。這個嘛，雖然我說是「聖誕節裝飾」，但實際上他掛的是印有「生日快樂」的旗幟，只是拿立可白塗掉「生日」兩個字，用原子筆筆跡潦草地改成「聖誕」。

拉吉小心翼翼地走下梯子，幫小班找雜誌。

「你的《水管工程週刊》啊……嗯……我想想哦，你在太妃糖旁邊找過了嗎？」拉吉問。

「找過了。」小班回答。

「沒有在著色本底下嗎？」

「沒。」

「飛壘口香糖後面呢？」

「檢查過了。」

「這樣啊，眞是太神祕了。小班班，我眞的記得我有幫你訂一本啊。」

嗯，太神祕了……」拉吉講話的速度奇慢無比，人們一邊思考一邊說話就是這個樣子。「小班哪，眞對不起，我知道你有多愛它，問題是我完全不知道它跑到哪兒去了。可是我能提供特價甜筒喲。」

「拉吉，現在是十一月，外面可是冷得要命欸！」小班說。「誰會想吃甜筒啊？」

「只要知道我在特賣，人人都會搶著要！聽我的宣傳口號你就懂了：買二十三支甜筒就送一支！」

「我幹嘛沒事買二十四支甜筒啊？」小班笑著問他。

「呃，這個嘛，我哪知道啊，也許你可以先吃掉十二支，把另外十二支放進口袋晚點再吃。」

「拉吉，那也太多了吧。你幹嘛那麼急著要解決甜筒啊？」

「因爲它們明天就過期了，」拉吉邊說邊左搖右晃地走到冷凍櫃前，推開玻璃蓋，取出一整盒甜筒。一陣冷颼颼的霧氣立刻籠罩整間店。「你看！最佳賞味期限是十一月十五日前。」

小班認眞地研究紙盒。「上面寫最佳賞味期限是一九九六年的十一月十五日前。」

「那好吧，」拉吉說。「這樣我更有理由特價啦。小班，不囉嗦，這是我的終極特價。買一盒甜筒，免費送你十盒！」

「拉吉，眞的不用了，謝謝，」小班說。他朝冷凍櫃裡打量，看看還有什麼東西藏在裡面。冷凍櫃從沒解凍過，就算裡面塞了一隻來自冰河時期、保存完好的長毛象，小班

也不會驚訝。

「等等，」他邊說邊移開幾支礙事的結霜冰棒。「在裡面耶！《水管工程週刊》！」

「對耶，我想起來了，」拉吉說。「我放在冷凍櫃幫你保鮮。」

「保鮮？」小班問他。

「這個嘛，小朋友，雜誌是星期二出刊，今天都星期五啦。所以我放在冷凍櫃幫你保鮮。小班，我可不希望它變質呀。」

小班不知道為什麼雜誌會變質，卻還是向他道謝。「阿吉，你人真好。我還要買一包焦糖牛奶巧克力，麻煩了。」

「我可以賣你七十三包焦糖牛奶巧克力，只算你七十二包的價錢喲！」報攤老闆興奮叫喊，臉上掛著為了使人上鉤的笑容。

「不了，謝謝，拉吉。」

「那一千包焦糖牛奶巧克力，算你九百九十八包的錢如何？」

「不了，謝謝。」小班說。

「小班，你頭殼壞了嗎？這是超讚的特惠欸。好吧，好吧，小班，討價還價你還眞是有一套。一百萬零七包焦糖牛奶巧克力，我算你一百萬零四包的錢。整整三包焦糖牛奶巧克力免費送給你喔！」

「我只要一包加雜誌就好，謝謝。」

「小少爺，你說了算！」

「待會兒我等不及要看《水管工程週刊》了。我又得跟我無聊的阿嬤度過整個晚上了。」

小班上次造訪阿嬤已是一個禮拜前的事了，恐怖的星期五再次到來。老媽說要她要跟老爸去看一部「愛情喜劇」。羅曼蒂克、玩親親，又催淚的片子。噁心噁心眞噁心。

「嘖嘖嘖。」拉吉回話。他一邊搖頭一邊數要找給小班的零錢。

小班感到很難爲情，他從來沒看過他這種反應。小班跟所有小朋友一樣，把拉吉視爲「同一國的」，而非「不同國的」。拉吉是那麼活力四射、笑口常開，好像跟家長、老師，以及所有的大人是不同世界的人。誰教他們都自以爲塊頭比較大就有資格對你訓話。

「小班班，你阿嬤年紀大，」拉吉說：「不代表她無聊。我自己也是一把年紀了。而且我每次見到你阿嬤，都覺得她很有趣。」

「可是——」

「小班，不要對她太過分哪，」拉吉告誡他。「人都會老的，你也不例外。而且我相信你阿嬤一定藏了一些祕密喔。老人家都是這樣的……」

4 奇怪奇怪真奇怪

拉吉對阿嬤的看法，小班完全不信。那晚同樣的戲碼再次上演。阿嬤送上甘藍湯，接著是甘藍派上桌，至於甜點則是甘藍慕絲。她甚至不知打哪兒找到一種甘藍菜口味的餐後巧克力。晚餐後，阿嬤跟小班一如往常坐在發霉的沙發上。

「拼字時間到囉！」阿嬤開心地宣布。

小班心想：酷斃了，今晚會比上星期無聊一百萬倍！

小班討厭拼字遊戲。如果有辦法，小班會建造一枚火箭，把全世界所有的拼字板都炸到外太空去。阿嬤從餐具櫃拿出都是灰塵的老舊拼字盒，在厚厚的坐墊上擺好遊戲。

小班嘆了口氣。

明明才過幾小時，小班卻感覺過了幾十年。他盯著注音符號，然後掃視拼字板。他已經排出：

無聊

老古板

呱呱叫（狀聲詞加分）

沒意義

臭哄哄（要查字典才知道意思）

皺紋

對甘藍菜反胃（有創意加分）

逃跑

救命

我恨這個蠢遊戲（阿嬤說不算分，因為這不是一個詞）

他手裡有「ㄏ」、「ㄠ」、「ㄌ」、「ㄨ」、和「ㄧ」。阿嬤剛擺了個「你好」（有禮貌加分），所以小班用字尾的「好」拚出「好無聊」。

「好啦，都快八點了，小朋友，」阿嬤瞄一眼她的小金錶宣布。「該上床睡搞ㄍㄠˋ囉……」

小班在心裡咆哮：上床睡搞ㄍㄠˋ！我又不是三歲小孩！

「可是我在家九點才睡覺欸！」他抗議。「而且如果隔天早上不用上課，十點再睡就好。」

「不行，小班，請你上床。」老太婆堅持的時候態度可是很強硬。「還有，別忘了刷牙。你想要的話，我馬上上樓說床邊故事給你聽。以前你最愛聽我說床邊故事了。」

後來小班站在浴室的洗臉槽前。浴室是個沒有窗戶、又濕又冷的房間。有些磁磚已從牆壁剝落。浴室裡只有一小條可憐兮兮的破浴巾，和一塊舊到不行的肥皂，它看起來一半是肥皂、一半是黴菌。

小班討厭刷牙，所以只是假裝刷一刷。假裝刷牙的方法很簡單，不要跟你爸媽說是我說的喲！如果你想自己試試看，只要按照這個教學指南的步驟去做就行：

1) 打開水龍頭

2) 沾濕牙刷

3) 把一丁點牙膏擠在手指上，再把手指放進嘴裡

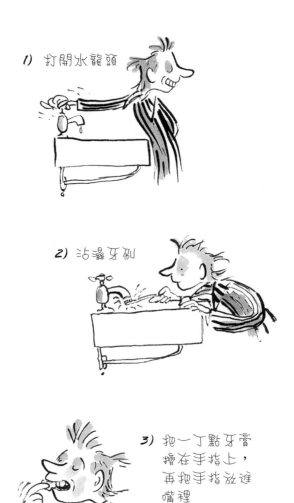

4) 用舌頭順著牙膏的
痕跡在嘴裡繞

5) 把牙膏和口
水吐出來

看到了嗎?很簡單吧。幾乎跟刷牙一樣簡單耶。

小班望著自己在浴室鏡子的倒影。他十一歲，身高沒有理想中高，所以暫時踮起腳尖。小班巴不得自己快點長大。

他想，只要再過幾年，他的個子就會變高、毛髮就會變多、身上會長更多斑點，而他的小週末夜也會變得完全不一樣。

小班再也不用待在無聊老阿嬤的家，可以做遍那些大孩子在小週末夜做的刺激事：

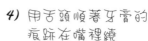

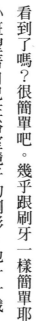

跟狐群狗黨待在那些有賣酒的商店門外混，直到有人跑來趕你爲止。不然就是跟一些穿田徑服的女生坐在公車站前面嚼口香糖，但從來不上公車。

沒錯，那個奇怪奇怪眞奇怪的世界正等著他。

不過，雖然現在外面依舊燈火通明，也能聽見男孩在附近公園踢足球的聲音，小班上床睡覺的時間卻到了。在他阿嬤這破舊的小平房裡、濕氣重的小房間裡、硬梆梆的小床上睡覺。而且小平房有甘藍菜味。

不只是一點味道。

超濃的啦。

小班嘆了口氣，鑽進被窩。

就在這個時候，阿嬤輕輕打開他的房門。他趕快閉眼裝睡。她拖著笨重的身軀走到床邊，小班感覺到她在他面前站了一會兒。

「本來想說個故事給你聽的。」她低聲說。小時候阿嬤常講海盜、走私客跟犯罪大師的故事給他聽，可是他現在大了，這些故事早就不愛了。

「可惜你已經睡了，」她說。「那好吧，我只是想說我愛你。晚安囉，我的小小班尼。」

他討厭別人叫他「班尼」。

還有用「小小」這個字。

惡夢沒有停止，因爲小班發覺他的阿嬤正彎腰給他一吻。她下巴刺刺的白色鬍子把他的臉頰扎得好不舒服。接著他聽見她每走一步，屁屁噗噗響的熟悉鴨叫節奏。她一路呱呱叫地走到門口，出去之後把門帶上，將臭味鎖在房裡。

小班心想：眞是夠了。我非逃走不可！

小小傷心

「啊啊啊啊克克克……撲撲撲撲夫夫夫夫特特特特……啊啊啊啊啊啊克克克克……撲撲撲撲撲撲撲夫夫夫夫夫夫夫夫特特特特特特……」

讀者們，不，你們沒有不小心買到這本書的胡言亂語版。這是小班殷殷期盼的聲音。

阿嬤的鼾聲。

她睡著了。

「啊啊啊啊啊啊克克克克克克……撲撲撲撲撲夫夫夫夫夫夫特特特特特特特……啊啊啊啊啊啊啊啊啊啊啊克克克克克……」

小班躡手躡腳地步出臥室，走向放在走廊上的電話。這是種撥號會發出貓叫聲的古董電話。

「媽……？」他小小聲地說。

「我聽不清楚你說什麼！」她回吼道。背景是吵鬧的爵士樂。爸媽又跑去巨蛋觀賞《群星尬舞擂台現場強強滾！》了。法拉法拉里搖擺臀部，吸引了萬千熟女，他的老媽八成正在流口水。

「怎麼啦？一切還好嗎？那個老太婆沒死翹翹吧？」

「沒，她沒事，只是我討厭這裡。拜託嘛，能不能把我接回家啊？」小班低聲說。

「法拉還沒跳第二支舞呢。」

「拜託嘛，」他懇求道。「我想回家。阿嬤無聊死了。跟她待在一起是種折磨。」

「去跟你爸說吧。」小班依稀聽見換人接手電話的聲音。

「喂？」老爸吼道。

「爸你小聲一點啦！」

「什麼？」他又吼道。

「噓。講話小聲點。你要把阿嬤吵醒了啦。老爸，能不能過來接我呢？拜託啦，我討厭這裡。」

「不行，沒辦法欸。看這場表演可是一生只有一次的機會。」

「你們明明上禮拜五才看過！」小班抗議。

「好，那一生只有兩次的機會。」

「可是你說你下星期五還要再看！」

「聽好了，小朋友，如果我的臉皮比你厚，你就準備在她那兒待到聖誕節再回家吧。再見！」

他爸說到這兒就把電話掛了。小班小心翼翼地把話筒放回聽筒架上，電話發出微乎其微的叮叮聲。

這時他突然發現阿嬤的鼾聲停了。

她是不是聽見他說的話了？

他轉過頭去，好像看見她的身影，可是眨眼間又不見了。

小班雖然眞心覺得她無聊得要命，卻不希望她知道他的心聲。畢竟她是個孤伶伶的老寡婦，阿公早在小班出生前就過世了。

內疚的小班悄悄地走回客房，等呀等地等待天亮。

到了早餐時間，阿嬤似乎變了一個人。變得更安靜。好像變得更老。有點傷心的樣子。她的雙眼像是哭過一樣，佈滿了血絲。

小班心想：她聽到了嗎？我眞希望她沒聽到。

小班坐在廚房的小桌前，她則站在烤箱旁。阿嬤假裝對她釘在烤箱旁牆上的日曆很感興趣。

小班看得出來她是裝的，因爲日曆上根本沒啥好看的。

以下是阿嬤忙亂生活的一週行程：

星期一：煮甘藍湯。跟自己對戰拼字遊戲。看書。

星期二：烤甘藍派。看另一本書。放屁。

星期三：做「驚喜巧克力」這道菜。驚喜的點在於它完全不是用巧克力做的唷！事實上原料是百分之百的純甘藍菜。

星期四：整天含一顆穆雷薄荷糖。（一顆糖她可以含一輩子。）

星期五：還是含同一顆穆雷薄荷糖。我的寶貝乖孫來訪。

星期六：我的寶貝乖孫回家了。再次拉坨屎。撲通！

星期天：吃烤甘藍菜，配滷甘藍菜和水煮甘藍菜。放一整天的屁。

阿嬤終於從日曆前轉過身子，「你的把鼻跟馬迷快要來接你囉。」最後她打破沉默這麼說。

「對，」小班邊看手錶邊說，「還有幾分鐘。」

幾分鐘就像是幾小時。甚至幾天。幾個月！

一分鐘也可以很漫長的。不相信嗎？那你自己找個房間坐著，什麼也不做，然後從一數到六十。

數了嗎？我不信。我可不是開玩笑哦。我要你親自做一遍。

你不去做的話，故事我就不往下說哦。

反正浪費的又不是我的時間。

我整天都超有空。

好，那你數完了沒？很好。我們言歸正傳……

才剛過十一點，褐色小車就停在阿嬤的家門前。老媽超像搶銀行準備落跑的司機，連引擎都不關。她傾身打開副駕駛座的車門，好讓小班可以火速衝進車內，和她一起飛也似地離開。
小班步履艱難地走向車子，阿嬤則站在大門。「琳達，要不要進來喝杯茶呀？」她扯開嗓門說。
「不了，謝謝，」小班的老媽說。「小班，動作快一點，行行好，快點上車！」她加速引擎。「我不想搞到非得跟那個老傢伙說話不可。」
「噓！」小班說。「小聲一點！阿嬤會聽到的！」
「你不是討厭阿嬤嗎？」老媽問。
「媽，我沒說過這種話。我只是說她很無聊。可是我不希望她知道我的心聲啊。」

老媽笑著把車快速開出格雷死胡同。「小班，這我倒不擔心，你阿嬤才沒這麼順風耳。你說什麼話，她大概連一半都聽不懂。」

小班皺起眉頭。這他可不能肯定。完全不能肯定。

他記得阿嬤吃早餐時那傷心的表情。他突然間有種不祥的預感，覺得她懂的遠比他想像中的多……

6

濕冷蛋

如果小班這回再忘記隨身攜帶雜誌的話，這個小週末夜一定會跟上次一樣悶到極點。爸媽果然不出所料再次把他們的獨子扔在阿嬤家。

小班一到阿嬤家，就和阿嬤擦身而過，直接衝進那間又濕又冷的小臥室，關上房門把他最新一期的《水管工程週刊》從頭讀到尾。

書裡有精采的指南和許多彩色照片，教讀者安裝新一代的電熱水器。小班摺起那頁的頁角。聖誕禮物想要什麼，現在他有譜了。

小班一讀完雜誌後就唉聲嘆氣地走向客廳。他知道整晚待在臥室也不是辦法。

阿嬤抬起頭，一看見他就滿臉笑容。

「拼字時間到囉！」她高舉拼字板，歡天喜地地呼喊。

隔天早上空氣中凝結著沉默。

「再來一顆水煮蛋？」阿嬤邊說邊跟小班在年久失修的小廚房裡就座。

小班不喜歡吃水煮蛋，而且連第一顆都沒吃完。阿嬤連這麼簡單的料理都能搞砸。蛋總是稀稀水水流得到處都是，麵包片也能烤得像是煤屑。小班會趁老太婆不注意的時候，用湯匙把黏呼呼的蛋彈出窗外，並把麵包片藏在暖氣機後。那後面一定黏滿整排的烤麵包了。

「阿嬤，不用了，謝謝。我超飽的，」小班回答。「水煮蛋好好吃哦，謝謝妳。」他又補了一句。

「嗯……」老太婆懷疑地咕噥道。「天氣有點冷，我去加件羊毛衫。」雖然這麼說，但她已經穿兩件了。阿嬤邁開沉重的步伐走出廚房，邊走屁股邊呱呱叫。

小班把剩下的蛋彈出窗外，然後設法找其他東西吃。他知道阿嬤在廚房

頂層的架上偷偷藏了巧克力餅乾。只要小班過生日，阿嬤就會給他一片。如果阿嬤以甘藍菜爲食材做的料理害他肚子餓的話，小班就會三不五時跑去偷吃餅乾。

於是他趕緊把椅子推到碗櫥前，站在椅子上伸手拿餅乾。他抬起餅乾盒。那是一九七七年份的銀婚週年紀念大錫盒，盒蓋上印著英國女王伊麗莎白二世超級年輕版的肖像，只是肖像已刮損褪色。盒子好重。比平常還重。

怪了。

小班輕搖一下餅乾盒。無論是觸覺或聲音，都不像放了餅乾，反倒像藏了石頭或彈珠。

怪上加怪。

小班轉開盒蓋。

他目不轉睛。

然後繼續睜大眼睛。

他不敢相信裡面竟然裝了這些玩意兒。

鑽石！戒指、手鐲、項鍊和耳環上全都鑲了閃閃發亮的巨型鑽石！

小班雖然不是行家，但光用猜的也知道，餅乾盒裡的珠寶肯定價值好幾十萬。

這時他突然聽見阿嬤呱呱叫地走進廚房，於是趕緊不顧一切、手忙腳亂地把餅乾盒放回架上。他跳下椅子，把椅子拖回原位，坐在桌前。

他瞄了窗戶一眼，這才發現剛才彈的蛋沒飛進花園，而是沾在玻璃窗上。要是等它乾了，阿嬤就得拿焊接用的噴燈才能把蛋刮下來了。所以他奔向窗前，吸掉玻璃窗上冷冰冰的蛋，然後回到座位上。水煮蛋噁心到難以下嚥，一陣驚慌中，小班將它含在嘴裡。

阿嬤穿了她第三層羊毛衫，拖著腳步回到廚房。

還是呱呱叫個不停。

「小朋友，還是加件外套吧。你的拔鼻跟馬迷再一下下就要到囉。」她笑容可掬地說。

小班心不甘情不願地嚥下這顆濕冷蛋。它滑進他的喉嚨。噁心、噁心、雙倍噁心。「好。」他嘴巴這麼說，卻暗自擔心他會把蛋吐回窗上。

到時候就變炒蛋了。

7 肥料袋

「今晚我能不能再來阿嬤家住啊？」小班在爸媽褐色小車的後座發言。餅乾盒裡的鑽石真教人匪夷所思；他迫不及待要當個小小偵探，說不定他會連老太婆平房裡的每個角落和縫隙都不放過。這一切實在太神祕了。

拉吉曾說他的阿嬤說不定藏了一些祕密。看樣子被這報攤老闆說中啦！而且無論阿嬤的祕密是什麼，光要解釋那些鑽石的來路，想必就精采可期。她以前是不是兆萬富翁？還是曾在鑽石礦山工作過？又或者是什麼公主把鑽石留給她的？小班等不及要知道答案啦。

「什麼？」老爸震驚地問。

「你不是說她很無聊嗎？」老媽同樣震驚、甚至帶著惱怒地說，「還說

所有的老人都很無聊。」

「我是開玩笑的。」小班說。

老爸從後照鏡盯著他的兒子。就算是在最好的情況下，他也很難知道他這個對水管工程情有獨鍾的兒子在想什麼。而且現在小班講的話根本毫無道理。「嗯，這個嘛，如果你確定的話，小班……」

「老爸，我確定。」

「等回家之後我打給她，看她有沒有打算出門。」

「出門！」老媽嘲笑地說，「那個老傢伙二十年都沒出過門了！」她竊笑地補了一句。

小班不曉得這有什麼好笑的。

「我帶她去過花卉中心。」老爸表示抗議。

「那只是因爲你需要人手幫忙扛超多袋肥料。」老媽說。

「可是那天她玩得超嗨的。」老爸聽起來有點動怒。

稍晚小班獨自坐在床上。他千頭萬緒。

阿嬤那些鑽石到底是從哪來的？

價值多少錢？

假如她這麼有錢，幹嘛還住在寒酸的小平房裡？

小班絞盡腦汁地思索，卻遍尋不著答案。

後來老爸走進他的臥室。

「阿嬤很忙。她說很想見你，可是今晚她要出門。」他轉達消息。

「什麼！」小班語無倫次地說。阿嬤幾乎足不出戶的呀——小班看過她的日曆呀。看來這個謎團愈來愈不可思議了。

8 瓶裡的一小撮假髮

小班躲在阿嬤平房外的灌木叢後方。他趁爸媽在樓下客廳收看電視轉播的《群星尬舞擂台》時，從他臥室窗外的排水管爬下來，騎了八公里的單車才到阿嬤家。

光憑這點就能看出小班對阿嬤變得多感興趣。這個孩子不喜歡騎單車。他爸媽老是鼓勵他多做運動，說什麼如果想當職業舞者，身材健美是絕對必要的條件。可是如果你打算靠躺在洗臉槽下換新的銅管維生，身材胖瘦就無所謂了，所以小班從沒自動自發做過任何運動。

直到現在。

假如這真的是阿嬤二十年來頭一次出門，小班一定要知道她打算去哪裡。這或許是釐清餅乾盒裡裝滿珠寶的關鍵。

於是他沿著運河氣喘吁吁地騎著他沉重的老單車，一路騎到格雷死胡同。不幸中的大幸是，現在是十一月，小班沒有汗流浹背，只是微微汗濕。

因爲知道刻不容緩，他迅速踩著腳踏板。雖然《群星尬舞擂台》看似會播個幾小時或好幾天，但光是騎單車到阿嬤家就花了小班半小時；而且節目一結束，老媽會叫他下樓喝茶。

小班的爸媽愛死各種舞蹈電視節目——《冰上起舞》、《跳支舞吧》——不過最令他們無法自拔的還是《群星尬舞擂台》。他們不但錄下每集節目內容，在家裡蒐集的相關紀念品更是無人能敵，其中包括：

- 法拉法拉里穿過一次的萊姆綠丁字褲，和他穿那條丁字褲的照片一同裱框。
- 《群星尬舞擂台》的正版人造皮書籤。
- 由法拉的職業舞伴——奧地利寶貝伊娃邦茲簽名的一些香港腳藥粉。

- 這兩位舞者的《群星尬舞擂台》官方暖腿套。
- 一張差點被節目選用的歌曲CD。
- 節目主持人老德公爵戴過的一小撮假髮，置於瓶中珍藏。
- 真人大小的法拉法拉里硬紙板人像，那嘴巴周圍沾了一點老媽的唇膏。
- 有個瓶子裝了名人挑戰者：國會議員偏見瑞秋夫人的一些耳屎。
- 一雙聞起來有舞者伊娃邦茲體味的肉色絲襪。
- 機車評審克雷格在餐巾紙上畫的男人屁股。
- 一組《群星尬舞擂台》官方出品的蛋杯。
- 可以擺姿勢的克雷格活動玩偶。
- 一塊法拉沒吃的夏威夷勁辣披薩餅皮（搭配伊娃邦茲的授權書）。

今天是星期六，所以等到節目播完，全家就要一起吃起司豆配香腸。爸媽通常都不下廚，但老媽從冰箱取出、插根叉子、送進微波爐三分鐘的現成菜餚中，小班最鍾情的就屬這一道。小班飢腸轆轆，他可不想錯過這餐——這意味著他得趕快從阿嬤家回來。

這麼說好了，假如今天是星期一晚上，他們的固定菜色是印度咖哩雞千層麵，如果是星期三，則是土耳其烤肉披薩，換作星期天又會變成約克郡布丁炒麵。如果今天是以上這幾天，小班就不會這麼困擾了。

夜幕低垂。由於已經到了十一月底，氣溫降得急、天色也暗得快，躲在灌木叢裡監視阿嬤的小班直打哆嗦。小班心想：她能去哪呢？她幾乎足不出戶的呀。

他看見有人影在她的平房內移動。然後，她的臉出現在窗口，於是小班趕忙消失在對方的視線範圍內。灌木叢窸窣作響。小班在心裡叫它們閉嘴：噓！老太婆發現他了嗎？

過了一會兒，大門緩緩開啓，一個全身黑的人影踏出門外。黑毛衣、黑內搭褲、黑手套、黑襪子，說不定還搭配黑內衣內褲咧。

黑色的搶匪帽蒙住臉部，可是從那人彎腰駝背的身影，小班知道她肯定是阿嬤沒錯。她看起來像是她收藏的那些書其中一本的封面人物。她叉開兩腿、跨坐在電動代步車上發動引擎。

她到底要去哪啊？

更重要的是，她幹嘛打扮得跟忍者一樣？

小班把單車靠在灌木叢上，準備跟蹤他自己的祖母。

這是他做一百萬年的夢也想像不到的情況。

阿嬤宛如一隻在浴室裡碎步快跑、想要避人耳目的蜘蛛，緊貼著牆駕駛她的代步車。小班盡量不打草驚蛇，用步行的方式跟蹤。

要追上她並不困難，因爲那輛電動代步車的最高時速是六公里。車子呼呼地在馬路上前進，但她好像聽到風吹草動，突然間回頭看，小班只好躲在一棵樹後面。

他屏息以待。

沒有動靜。

過了一會兒，他把頭探出樹幹，只見阿嬤已抵達馬路的盡頭。他繼續追趕。

不久後，祖孫倆已快來到鎮上大街。街上杳無人煙，因爲正值傍晚，商店打烊了，但酒吧和餐廳還沒營業。阿嬤避開街燈的光亮，在接近目的地時轉進門口。

當小班發現她停車的地點時，不禁倒抽一口氣。

那是家珠寶店。

項鍊、戒指和手錶在櫥窗內閃閃發光。當她從代步車車籃拿出用來裝甘藍湯的錫碗時，小班真不敢相信自己的眼睛。她戲劇性地左顧右盼，然後胳臂往後拉，準備拿錫碗砸向珠寶店的櫥窗。

「不要！」小班叫道。

阿嬤扔下錫碗。碗哐啷一聲落地，甘藍湯滲入人行道。

「小班？」阿嬤咬牙切齒地說。「你在這裡幹嘛？」

9 黑貓

小班目不轉睛地望著他那一身黑色勁裝、站在珠寶店旁的阿嬤。

「小班？」她催促他回答。「你幹嘛跟蹤我？」

「我只是……我……」小班驚魂未定，連一句話都說不出來。

「算了，」她說。「不管你來這裡幹嘛，都已經引來條子，他們馬上就會追上來啦。我們最好趕快閃人。動作快，上車。」

「可是我不行——」

「小班！在監視器轉過來之前，我們只有三十秒脫逃。」她指向商店街隔壁一棟公寓的外牆，有支監視器拴在牆上。

小班躍上她電動代步車的後座。

「妳知道監視器什麼時候會轉過來？」他問道。

「哦，」阿嬤說：「你一定很驚訝，我知道的可多咧。」

小班注視她騎車的背影。才剛見識她洗劫珠寶店的預備動作，還有什麼能讓他更吃驚呢？顯然他對自己的阿嬤了解太少。

「抓穩囉，」阿嬤說。「我要全速衝刺。」

她狠狠轉了幾下代步車的把手，可是小班感受不到任何效果。車子嗡嗡作響地騎入黑暗，因爲載重增加，時速只剩四公里。

「黑貓？」小班覆述道。他們終於回到阿嬤家，坐在客廳。她沏了一壺茶，擺了幾塊巧克力餅乾。

「沒錯，世人是這麼尊稱我的，」阿嬤答道。「我是——全球頭號珠寶神偷。」

小班的腦袋被一百萬個問題炸開了。爲什麼？地點呢？還有誰參與？發生什麼事？時間呢？該先問什麼，他根本毫無頭緒。

「小班，這件事只有你一個人知道，」阿嬤繼續說。「你阿公一直到進了墳墓還是一無所知。可以請你保密嗎？你得發誓絕不跟任何人說。」

「可是——」

阿嬤一度面露殺氣。她宛如一條準備咬人的蛇，兩眼一瞇、眼神一暗。

「你給我發誓，」老太婆用一種小班前所未見的強勢口吻說，「我們幹這行的罪犯可是很講信用的。事實上，我們把誓約看得比什麼都重。」

小班有點怕到喘不過氣。「我發誓絕不告訴任何人。」

「連你爸媽都不能講哦！」阿嬤咆哮，吼的時候差點把假牙吐出來。

「我不是說了嗎？我發誓絕不告訴任何人！」小班也不甘勢弱地回吼。

最近小班在學校學了「集合論」。既然他已發誓不告訴任何人，我們姑且說「任何人」是集合A好了，那爸媽當然算在集合A內，不用說也知道是它的子集，所以阿嬤實在沒有必要叫小班再發一次誓。

請看這個簡易圖表：

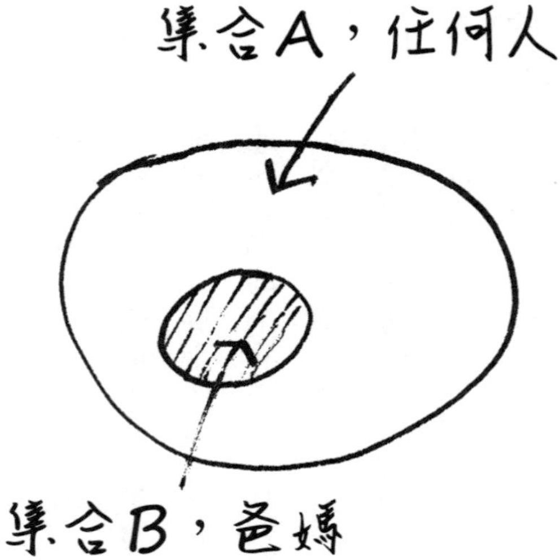

不過小班覺得在這個節骨眼上，他阿嬤應該對集合論沒啥興趣。因爲她仍目露兇光地瞪著他，他只好嘆了口氣說：「好吧，我發誓，絕對不告訴爸媽。」

「好乖。」阿嬤說話的同時，助聽器也開始發出尖嘯。

「嗯，但是有一個條件。」小班冒昧地說。

「什麼條件？」阿嬤問。他大膽的要求似乎有點嚇到阿嬤。

「妳得全盤向我托出……」

10

全盤托出

「我在你這個年紀時偷了第一枚鑽戒。」阿嬤說。

小班大驚失色。一來是他無法想像阿嬤居然也活過他這個年紀，二來是因爲十一歲的小女孩通常不偷鑽石，這是很明顯的事實。可能會偷亮晶晶的筆呀、髮夾或玩具小馬，但絕不會偷鑽石。

「我知道你把我跟拼字遊戲、織毛衣和我對甘藍菜的喜愛聯想在一塊兒，所以覺得我只是個無聊的老傢伙……」

「不是的……」小班否認，只是他的話沒啥說服力。

「可是，小朋友，你忘了我也年輕過。」

「妳偷的第一枚是什麼戒指？」小班迫不及待地問，「上面有顆無敵大

的鑽石嗎？」

老太婆咯咯竊笑。「沒那麼大啦！我到現在還留著偷來的第一枚戒指呢。小班，去廚房架子上把那個銀婚週年紀念的餅乾盒拿來。」

小班聳肩，假裝對銀婚週年紀念的餅乾盒、和驚人的內容物毫不知情。

「阿嬤，你放在哪裡？」小班一邊問，一邊走出客廳。

「乖孫子，在食品櫃上面！」阿嬤叫道。「動作快。你人不見，把鼻跟馬迷很快就會起疑啦。」這時小班才想起先前原本要趕回家吃起司豆配香腸，但這件事突然間變得無足掛齒。他甚至不覺得餓了。

小班捧著餅乾盒回到客廳。盒子比他印象中還重。他把它遞給阿嬤。

「好乖。」她邊說邊在餅乾盒裡翻找，然後取出一顆特別漂亮的寶石。

「啊，是了，就是它！」

對小班來說，這些鑽戒全都長得差不多。可是阿嬤如數家珍，熟悉得不得了。「眞是個小寶貝，」她說著說著就把戒指拿到眼前看個仔細。「這是我偷的第一枚戒指，當年我還是個小女孩呢。」

小班無法想像阿嬤也有年輕的時候。打從他認識她起，她就是個老太婆。他甚至猜想她生下來就是個老太婆了。

多年前當她媽媽在醫院生產，問護士寶寶是男是女時，護士可能會回答：「嗯！是個老太婆！」

「我在一個小村莊長大，從小家境清寒，」阿嬤繼續說。「山頂有棟鄉間別墅，屋主是達芬波公爵和夫人。戰爭才剛結束不久，那時候我們糧食匱乏。有天我肚子好餓，所以趁著半夜大家熟睡的時候，躡手躡腳地溜出爸媽的小農舍。在黑夜的掩護下，我穿過樹林，爬上達芬波官邸的小山。」

「妳不怕嗎？」小班問她。

「怕呀，當然怕了。夜裡獨自待在幽暗的樹林實在很嚇人。官邸有看門犬，又黑又大的杜賓犬。所以我盡量輕手輕腳地爬上排水管，找到一扇沒鎖的窗戶。當年我十一歲，以這個年紀的小女孩來說，我體型算小。於是我想辦法從窗戶的小縫隙鑽進去，在天鵝絨窗簾後落地。我把窗簾拉開，才發現自己來到達芬波公爵和夫人的臥室。」

「不會吧。」小班說。

「是眞的，」老太婆繼續往下說，「本來我想說偷點吃的就好，沒想到竟在床邊看見這個小寶貝。」她指的是那枚鑽戒。

「然後妳就偷走了？」

「小班哪，當一名國際珠寶神偷哪有這麼簡單？」阿嬤說，「公爵和夫人雖然打呼打得很起勁，但要是把他們驚醒，我就死定了。公爵睡覺時床邊老擺著一支獵槍。」

「獵槍？」小班問道。

「對，他是上流人士，有錢有勢、喜歡獵野雉，所以擁有許多槍枝。」

小班緊張到汗流浹背。「他該不會醒來朝妳開槍吧？」

「小朋友，要有耐心。慢慢來、不要急。我躡手躡腳地走到達芬波夫人的床邊，拿起這枚鑽戒。我不敢相信它竟然那麼美。我從沒那麼近距離地看過鑽戒。我老媽作夢都不敢奢望擁有它。她會對我們小孩子說：『我不需要珠寶，你們就是我的小鑽石。』我一度爲手中的鑽石驚豔不已，那是我這輩子見過最美的東西了。怎知突然間傳來一聲轟天巨響。」

小班眉頭緊蹙。「怎麼了？」

「達芬波公爵是個魁梧貪婪的胖子。他睡覺前一定吃太多了，因爲他打了一個通天響的嗝！」

小班聽了哈哈大笑，阿嬤也跟著笑了。他知道打嗝沒什麼好笑的，但就是止不住笑意。

「那個嗝超響的！」阿嬤依舊竊笑著說。

「嗝嗝！！！！！！！！」

她模仿打嗝。小班笑到肚皮都快破了。

「那個嗝超響的，」阿嬤繼續講：「害我嚇一大跳，把戒指掉在發亮的木頭地板上，落在柚木地板時發出哐噹巨響，把達芬波公爵跟夫人都驚醒了。」

「不好了！」

「沒錯！我抓了戒指就往敞開的窗戶跑。雖然不敢回頭看，卻聽見達芬波公爵扣獵槍板機的聲音。我往草地上一跳，眨眼間官邸的燈全都亮了，獵犬狂吠不止，我只好開始逃命。接著又聽到震耳欲聾的一聲……」

「又有人打嗝？」小班問道。

「不是啦，這次是槍響。我跑下山、躲進樹林時，達芬波公爵正朝著我開槍。」

「然後呢？」

阿嬤看了一眼她的小金錶。「親愛的，你該回家了。你的把鼻跟馬迷要擔心死了。」

「不會啦，」小班說。「他們只在乎白痴交際舞。」

「沒有這回事，」阿嬤出人意料地說，「你知道他們愛你。」

「我想聽故事的結尾嘛，」小班洩氣地說。他巴不得知道接下來的事。

「會的。改天。」

「可是，阿嬤……」

「小班，你要回家了。」

「不公平啦！」

「小班，給我回家。改天我再跟你說接下來怎麼了。」

「可是！」

「未完待續。」阿嬤說。

11

起司豆配香腸

小班騎單車火速趕回家，甚至沒注意到他正兩腿發燙、胸口發疼。他騎得快到以爲警察會開給他超速罰單。車輪急轉，他的思緒也在飛馳。

他那無聊的阿嬤眞的是神偷嗎？

神偷阿嬤？

怪不得她那麼喜歡有關竊賊的書——她自己就是其中一員！

他悄悄踏進後門，剛好聽見《群星尬舞擂台》熟悉的主題曲從客廳強力放送。他及時回到家了。

就在小班準備上樓、假裝一直在臥室寫功課的時候，老媽卻突然現身在廚房。

「你在幹嘛？」她疑心重重地問。「看起來渾身是汗。」
「哦，沒什麼，」小班嘴巴這麼說，卻感覺渾身是汗。
「你看看你，」她一邊說，一邊接近他。「跟豬一樣汗如雨下。」
小班這輩子看過不少寵物豬，但沒有一頭會流汗。事實上，世界各地愛豬成癡的粉絲會跟你說：豬根本沒有汗腺，怎麼會流汗？
哇，這本書眞是寓教於樂呢。
「我沒流汗啊。」小班表示抗議。被人指控流汗讓他汗流得更多。
「你明明就在流汗。是不是出去跑步了？」
「沒啊。」如今汗如雨下的小班回答。
「小班，我是你媽，不准對我說謊。」她指著自己說，一枚指甲片還在過程中飛到半空。
她的假指甲常常掉下來。有次小班還在他的微波波隆那肉醬海鮮燉飯裡找到一枚。
「小班，如果你沒有出去跑步，那爲什麼會流汗？」

小班必須快問快答。《群星尬舞擂台》的主題曲要播完啦。

「我剛在跳舞！」他脫口而出。

「跳舞？」老媽一臉狐疑。小班又不是法拉法拉里，更別說他這麼討厭交際舞了。

「對啊。是這樣的，我改變對交際舞的看法了。我愛上它了！」

「你之前明明說討厭它的，」愈加起疑的老媽反駁他。「說過超多超多次。上星期才說寧願『吃自己的鼻屎，也不要看那種垃圾表演』。聽你說那種話簡直就像拿刀往我心上捅哪！」

一想起這件事，老媽的難過就溢於言表。

「媽，對不起，真的很抱歉。」

小班伸手安慰她，沒想到另一枚指甲片又掉到地上。「可是現在我愛死它了。我剛才是在門縫偷看《群星尬舞擂台》，把舞步都學起來。」

老媽驕傲地眉開眼笑，看起來好像整個人生頓時有了意義。她的表情變得出奇地開心卻又哀傷，彷彿這一切是命中注定。

「你是不是想成爲一位……」她深吸一口氣：「職業舞者？」

「老婆，我的起司豆配香腸呢？」老爸從客廳呼喊。

「彼特，你閉嘴啦！」老媽幾乎是喜極而泣、熱淚盈眶。

自從法拉在去年第二週的節目中慘遭淘汰後，她就再也沒哭得那麼厲害了。法拉被迫跟偏見瑞秋夫人配對，可是女方又矮又胖，他只能拖著她在地上轉來轉去。

「這個嘛……呃……」小班絞盡腦汁想要逃離這個困境。「……是。」

他簡直是作繭自縛。

「太好了！我就知道！」老媽喊道，「彼特，你進來一下。小班有事要跟你說。」

老爸不耐煩地拖著腳步進廚房。「小班，什麼事？你該不會加入馬戲團了吧？哎呀，你怎麼渾身是汗。」

「彼特，不是的，」老媽故意慢半拍地說話，彷彿在什麼頒獎典禮準備揭曉得獎名單一樣。「小班再也不想當愚蠢的水管工了——」

「謝天謝地，」老爸說。

「他想要當……」老媽望著她的兒子，「小班，你跟他說。」

小班張開嘴，但他還來不及說話就被老媽捷足先登。「小班想當交際舞者！」

「哦，上帝顯靈了！」老爸驚呼。他抬頭望著沾染菸垢的天花板，像是能一睹神跡現身。

「他剛在廚房練舞，」老媽難掩興奮，嘰哩咕嚕地說：「模仿節目上的那些舞步……」

老爸直視兒子的雙眸，很有男子氣概地和他握手。

「兒子啊，這眞是天大的好消息！我跟你媽這輩子沒有什麼了不起的成就。你媽是幫人擦指甲油的──」

「彼特，我可是堂堂美甲師！」老媽糾正他。「彼特，你要知道，那可差了十萬八千里呀……」

「抱歉，美甲師。至於我則是因爲噸位太重，無法錄取警察，只能當個又無聊又老的保全人員。一整年最刺激的事就是攔下坐輪椅、加速衝出超市的男人，因爲他在毯子底下藏了盒布丁。可是你要成爲一名交際舞者，這個嘛……這……這眞是光宗耀祖，是我們上輩子修來的福氣呀。」

「八輩子修來的福氣！」老媽說。

「幾十輩子修來的福氣。」老爸表示同意。

「眞的是幾百輩子才能修來的福氣。」老媽說。

「說是至高無上的福氣就好，」老爸覺得這個話題差不多了，「只不過呀，兒子，我醜話說在前面，這可不是條平坦的路。如果你每天練舞八小時，練個二十年或許才有可能登上小銀幕。」

「也許他能上美國版的節目！」老媽驚呼。「哦，彼特，想像一下，我們的孩子要變成美國巨星啦！」

「老婆啊，這個嘛，先別操之過急。他連英國版的冠軍都沒拿到手呢。第一步我們得想法子讓他參加青少年組的比賽。」

「彼特，你說得對。蓋兒說聖誕節前要在市政廳辦一場預賽呢。」

「老婆，開氣泡酒來慶祝吧！我們的兒子要成爲恰恰舞王啦！」

有句髒話在小班腦裡炸開。

他到底要怎樣才能逃過這一劫？

12 愛的炸彈

星期天一整個上午，小班都把時間奉送給老媽，讓她量尺寸、縫製舞衣。她熬夜繪製不同款式的設計圖。

他被迫只能選一種，只好用纖弱無力的手指，指向他心目中最不醜的一套服裝。

老媽的手繪選項包羅萬象，從令人尷尬的到使人丟臉的應有盡有……

其中包括：

森林地帶

水果雞尾酒

雷電交加

急診

冰與檸檬片

籬笆與獾

太妃糖

蛋與培根

五彩碎紙

水底世界

熾愛狂燒

起司與醃黃瓜

太陽系

鋼琴師

但小班心目中最不糟的是……愛的炸彈。

「我們得幫你找個年輕美眉當比賽的舞伴！」老媽欣喜若狂地說，同一時間一枚假指甲片也不小心跑進縫紉機爆開。

小班壓根兒沒想到舞伴這回事。他不僅要跳舞，還要跟女生跳舞！而且不是隨便一個女生，而是早熟到噁心、助曬霜擦得皮膚閃亮、穿緊身連衣褲、濃妝豔抹的女生。

小班現在正處於那個覺得女生跟青蛙蛋一樣恐怖的年紀。

「我自己跳就好。」他氣急敗壞地說。

「單人舞！」老媽驚呼。「眞有創意！」

「事實上，我不能老是杵在這跟妳聊上一整天，我最好還是去練舞。」

小班邊說邊上樓，躲進他的臥室。他關上房門、轉開收音機，然後爬出窗外，騎單車全速衝向阿嬤的平房。

「所以說，妳跑進樹林，被達芬波公爵開槍追殺……」小班急著爲阿嬤提詞。

可是她看起來好像腦袋一片空白。

「有這回事？」阿嬤看起來愈來愈糊塗。

「昨晚故事就是講到這兒呀。妳說妳從達芬波公爵的臥室偷走戒指，穿過草坪時聽見槍響……」

「哦，對對對。」阿嬤咕噥地回答，她頓時看來容光煥發。

小班綻放燦爛的笑容。他突然想起小時候很喜歡聽阿嬤說故事，在她的帶領下進入一個魔法世界。在那個世界，人們可以在腦袋裡彩繪圖畫，那比全宇宙的電影、電視節目或電動都更引人入勝。

只是兩個星期前他才裝睡，免得她要跟他說床邊故事。顯然他忘了那些故事有多刺激。

「我跑呀跑的，」阿嬤氣喘吁吁地說，彷彿她眞的在狂奔，「聽到一聲槍響。接著又是一聲。我從槍聲判定那絕對是獵槍，而不是來福槍——」

「差別是什麼？」小班問道。

「這個嘛，來福槍一次只能發射一顆子彈，準確度較高。不過獵槍會發射幾百顆致命的小鉛珠。只要一往你的方向開獵槍，哪怕他是個白癡也可以擊中你。」

「那他擊中妳了嗎？」小班問。如今笑容從他的臉上消失，他的擔憂是發自內心。

「擊中了，不過幸好那時候我跑遠了，所以只是輕微擦傷。我同時也能聽到惡犬對我狂吠，牠們對我窮追不捨，而我只是個小女孩。萬一被獵犬抓住了，牠們肯定會把我碎屍萬段……」

小班驚駭地倒抽一口氣。「那妳怎麼脫逃的？」他問道。

「我冒險一試。畢竟在森林裡跑不贏狗，就算世界最快的飛毛腿也跑不贏。不過我對樹林瞭若指掌，曾跟兄弟姐妹在那裡一玩就是好幾個鐘頭。我知道只要能越過小溪，那群狗就聞不到我的氣味了。」

「怎麼說？」

「只要隔了條河，狗就無法追蹤氣味。小溪另一頭碰巧有棵大橡樹。只要爬上樹，說不定我就能安全過關。」

小班連他的阿嬤爬樓梯都無法想像，更別提爬樹了。打從他有記憶以來，她就一直住在她的平房裡。

「我朝小溪狂奔的同時，耳邊傳來更多穿過黑暗的槍聲，」老太婆繼續說。「我在幽暗的森林裡踉踉蹌蹌，一個不小心被樹根絆倒，迎頭栽進泥漿裡，連忙七手八腳地爬起來，轉身只見由達芬波公爵騎馬領軍的大匹人馬。

他們手握熊熊燃燒著的火炬，還拿著獵槍。我縱身跳入小溪，當時大概就是這個季節。我游向溪底，溪水非常寒冷。我被凍到差點透不過氣，但是我用手摀著嘴，免得叫出聲。我聽見獵犬狂吠不止，離我愈來愈近。肯定有十來隻。我轉過頭去，可以看見牠們的獠牙在月光下閃爍。

終於我涉溪而過，開始爬到樹上。我的雙手滿是泥濘，雙腿全都濕透，所以不斷從樹幹上滑下來。我抓狂似地把手往睡衣上抹，然後繼續爬樹。

我手忙腳亂地爬到樹頂，屏氣凝神地待在上頭。我聽見達芬波公爵的獵犬和人馬沿著小溪追往森林的另一處。獵犬兇殘的吠聲變得朦朧不清，火炬也成了遠方的微粒。雖然這條命是撿回來了，我還是躲在樹頂，打了好幾個鐘頭的哆嗦，等到黎明時分才滑下樹幹，回到我家農舍。我偷

偷爬上床，躺了好一會兒，直到太陽昇起。」

她的描繪生動逼眞，讓小班身臨其境。阿嬤的故事讓他聽得如痴如醉。

「他們沒來找妳嗎？」他問道。

「這個嘛，因爲沒人看清楚我的長相，所以達芬波公爵派他的屬下搜遍整個村莊。爲了找那枚戒指，他們把每間農舍都掀得天翻地覆。」

「妳什麼都沒說？」

「我很內疚，想要坦白。卻又知道一旦坦白之後，我的麻煩就大了。達芬波公爵會把我押到村莊廣場，在大庭廣衆下接受鞭刑。」

「那怎麼辦？」

「我……把它吞進肚裡。」

小班不敢置信。「阿嬤，妳是說戒指嗎？妳把戒指吞進肚裡？」

「當時我覺得鑽戒的最佳藏匿處就是我的肚子。幾天後我上廁所就把它拉出來了。」

「一定很痛吧！」小班說。想到這裡他不禁縮了一下屁屁。從屁股把一顆大鑽戒拉出來，怎麼聽都不是什麼愉快的經驗。

「很痛。事實上是痛得要命。」阿嬤扮了張鬼臉。「幸好我家的農舍已經被從頭到尾搜過了，我指的是農舍的尾，不是我的屁股……」小班咯咯竊笑。「後來達芬波的屬下只好動身去搜下個村莊。某天晚上我溜進樹林，把戒指藏起來。藏在一個沒人料得到的地方——溪裡一塊岩石底下。」

「好樣的！」小班說。

「不過那枚戒指只是冰山的一角啊，小班。偷竊成了我生活中最刺激的冒險。每天晚上當我躺在床上時，腦子裡想的盡是要偷更多更多的鑽石。那枚戒指在我的犯罪生涯中……」阿嬤深深凝視小班天真又稚氣的雙眼，以低沉的耳語繼續往下說，「……只是初試啼聲。」

13 犯罪生涯

阿嬤對乖孫講解那些攤在客廳地板、璀燦奪目的珠寶背後，有什麼精彩的故事，時間在眨眼間就流逝了。

那頂大后冠原本的主人是美國總統的妻子，也就是美國的第一夫人。阿嬤對小班說，五十年前她

搭遊輪一路航向美國，從華盛頓白宮把它偷到手。除此之外，她還在回程竊走每位貴婦的珠寶！她在犯案現場被船長逮個正著，但她把所有的珠寶藏進內褲，往海裡一跳，游完大西洋的最後幾公里，驚險逃回英國。

阿嬤對小班說，那些藏在她小平房幾十年的閃亮綠寶石耳環，每副的市價都超過五千萬台幣。它們的前一任主人是富可敵國的印度邦主和夫人。

老太婆細數過往，她是如何號召一群大象幫她偷耳環。她對大象半哄半騙，要牠們疊羅漢打造一把通天梯，好讓身在印度的她能攀爬堡壘的外牆，潛入存放耳環的皇家寢室。

所有故事中最令人拍案叫絕的，是她竊取巨型深藍鑽石和藍寶石胸針的經過，這兩枚珠寶目前都耀眼地躺在她客廳破爛的地毯上。據她所說，它的前任主人是俄羅斯帝國的末代皇后，在一九一七年共產主義革命之前，帝國都由她和她的丈夫沙皇統治。它被收藏在聖彼得堡冬宮博物館的防彈玻璃下多年，由一群令人生畏的俄國軍人一年三百六十五天、一週七天、一天二十四小時嚴加鎮守。

那次的竊盜行動需要最精心縝密的計畫。阿嬤躲在博物館一副古老的盔甲中，那副盔甲可追溯至幾百年前俄國女皇凱薩琳大帝的年代。每次只要軍人往別的方向瞄，她就穿著金屬盔甲移動幾公釐，直到夠接近胸針爲止。過程耗時一週。

「啥？像一二三木頭人那樣嗎？」小班問道。

「小朋友，一點都沒錯！」她回答。「然後我用手中的銀斧頭打破玻璃，一把抓住胸針。」

「那阿嬤妳是怎麼逃跑的？」

「問得好……也對，我是怎麼逃跑的？」阿嬤一臉困惑。「乖孫啊，對不起，我年紀大了，記性不好。」

小班微笑表示支持。「阿嬤，沒關係啦。」

不久後，老太婆的記憶似乎恢復清晰。「哦，對了，我想起來了，」她繼續往下說：「我逃到博物館的庭院，跳進一根大砲的砲筒，然後把自己平安地轟走！」

小班在腦海中想像一下這個畫面：他那身處俄羅斯最黑暗、最深處的阿嬤，穿著一襲古代盔甲飛上天。這雖然教人難以置信，但也沒其他說法能解釋這個小老太婆是如何坐擁這些令人嘆爲觀止的無價之寶。

小班愛死阿嬤那些冒險犯難的故事了。他在家裡沒讀過故事書，也沒人

講故事給他聽，他爸媽只要下班回家，就會轉開電視、往沙發上倒。聽阿嬤講古眞是刺激，小班好想搬來跟她住。聽阿嬤講話一整天他都不嫌膩。

「世上的珠寶，只要妳想要，沒有得不到的吧！」小班說。

「小朋友，還是有個寶貝我求之不得。等等，那是什麼？」

「什麼是什麼？」小班反問她。

阿嬤面露驚恐，指向小班背後，「那……那是……」

「什麼？」小班問她，卻不敢轉頭看她指的東西。他感到毛骨悚然。

「無論如何，」阿嬤說：「千萬不要回頭……」

14 好管閒事的鄰居

小班情不自禁往窗口瞄了一眼，瞬間看見一個頭戴怪帽的黑影透過髒髒的玻璃窗凝視屋內，可是下一秒就不見人影。

「有人在窗外偷看我們。」小班喘不過氣地說。

「我知道，」阿嬤說。「不是叫你別看嗎？」

「要不要我出去看看他是誰？」小班試圖想掩飾他被嚇得魂飛魄散這件事，他其實是想叫阿嬤出去看看到底是誰。

「一定是我那好管閒事的鄰居——帕克先生。他住七號，總是戴著一頂捲邊平底帽，而且老愛監視我。」

「爲什麼啊？」小班問道。

阿嬤聳聳肩。「誰知道。大概他頭容易著涼還是什麼的。」

「啥？」小班說。「哦。我不是在問他的帽子啦。我是問他爲什麼老愛監視妳。」

「他是一名退休少校，現在在格雷死胡同推行守望相助計劃。」

「什麼是守望相助計劃？」小班問道。

「就是找一群人密切地注意竊賊。不過帕克先生只是拿它當幌子，實際上那個好管閒事的老不修是在監視街坊鄰居的每個人。我逛完超市、提一袋甘藍菜回家時，常常發現他躲在他家的網眼窗簾後，拿雙望遠鏡監視我。」

「他是不是覺得妳很可疑？」小班心慌意亂地問。他可不想被冠上協助和唆使犯案的罪名而被關進大牢。其實他根本不曉得什麼叫作「唆使」，只知道這是一種罪，還有他年紀太小，監獄應該不會收。

「他覺得每個人都很可疑。小朋友，我們得對他提高警覺。這傢伙很討人厭。」

小班走到窗前往外望，可是連個人影都沒看見。

叮叮叮叮叮叮叮叮叮叮咚咚咚咚咚咚咚咚咚咚！！！！！！！！！！！

小班嚇得心臟暫時停止跳動。原來只是門鈴，但要是他們讓帕克先生進門，一切將罪證確鑿，到時候警方就會把小班跟阿嬤直接押進牢裡了。

「不要應門！」小班一邊說，一邊跑到客廳中央，開始用最快的速度把珠寶全都塞回餅乾盒。

「什麼叫不要應門！他知道我在家。他剛才從窗外看到我們。你去應門，我來藏珠寶。」

「我？」

「對，就是你！動作快！」

叮叮叮叮叮叮叮叮叮叮叮叮叮叮咚咚咚咚咚咚咚咚咚咚咚咚咚咚咚咚咚咚咚咚咚！！！！！！！！！！！

這回鈴聲更急迫了。帕克先生的手指在門鈴上停留得更久。小班深吸一口氣，鎮定地穿過門廳走向大門。

他把門打開。

帕克先生頭上戴了頂蠢到不行的帽子。不相信?他的帽子就有這麼蠢:

「怎麼了？」小班尖聲問道，「有事嗎？」

帕克先生一腳踏進平房內，這樣小班就無法在他面前關上大門。

「你是誰？」他的咆哮帶有濃濃的鼻音。

他有個大鼻子，這使他看起來比實際上更好管閒事，而他似乎已經夠愛探人隱私了。因爲他有個大鼻子，鼻音自然濃得不得了，所以只要一開口，無論話題多麼正經八百，聽起來都有點可笑。不過他的雙眼倒像是惡魔一樣閃爍著紅光。

「我是阿嬤的朋友。」小班語無倫次地說。他在心中想：我怎麼會這樣瘋言瘋語的？他其實嚇得魂飛魄散，講起話來也開始胡言亂語。

「朋友？」帕克先生邊吼著邊推開大門。他的力氣比小班大，很快就擠進屋裡。

「我是說孫子啦，帕克先生，阿……阿伯……」小班一邊說一邊往客廳的方向撤退。

「你爲什麼要對我說謊？」他問道。小班往後退幾步，他就往前踏幾步，兩個人好像在跳探戈。

「我沒有說謊！」小班叫道。

他們一路來到客廳門口。

「你不能進去！」一想到攤在地毯四處的珠寶，小班便大聲嚷道。

「爲什麼不能？」

「呃……嗯……因爲阿嬤正在做裸體瑜珈！」

小班得編個誇張的藉口，好阻止帕克先生闖進門裡然後發現珠寶。帕克先生聽了便停下腳步、眉頭一皺；小班很確定這招奏效了。

可惜的是這個好管閒事的鄰居並沒有因此買帳。

「裸體瑜珈？說謊也不打草稿！我現在就要跟你阿嬤說話。給我閃到一邊去，你這個討人厭的臭小子！」他邊說邊把小班推到一旁，然後打開客廳的門。

阿嬤一定從門的另一邊聽到小班講的話，因爲帕克先生破門而入時，發現她眞的只穿著胸罩和內褲，用樹的姿勢站著。

「帕克先生，可以請你迴避嗎？」被他看見自己衣衫不整，阿嬤故意裝作很驚恐的樣子。

帕克先生眼神繞著客廳轉。他不知該看哪裡才好，只能將目光鎖定在如今空空如也的地毯上。「太太，不好意思，但我有事向妳請教。我前一秒看見的珠寶跑到哪兒去了？」

小班發覺銀婚週年紀念的餅乾盒在沙發背後露出一角，他鬼鬼祟祟地用腳把它往裡推。

「什麼珠寶啊？帕克先生，你又在偷窺我了嗎？」依舊只穿著內衣的阿嬤質問他。

「這個嘛，我，呃……」他氣急敗壞地說，「我有正當的理由。我看見有個小紳士走進妳家，覺得很可疑。當下我覺得他可能是個竊賊。」

「是我開大門讓他進來的欸。」

「他可能是師奶殺手級的竊賊，狡滑地騙取妳的信任。」

「他是我的孫子，每個星期五都會在我家過夜。」

「啊！」帕克先生耀武揚威地說，「可是現在又不是星期五晚上！你們知道我爲什麼會起疑了吧。我身爲格雷死胡同守望相助會的主席，任何可疑的事情都得向警方呈報。」

「帕克先生，我才想向警方告你狀咧！」小班說。

阿嬤好奇地望著他。

「告什麼狀？」男人說。他瞇起雙眼，眼睛紅到像是腦袋著了火。

「偷窺只穿內衣的老太婆！」小班得意地說。阿嬤對他眨了個眼。

「我剛剛在窗戶外面看的時候，她明明衣服就穿得很整齊啊……」帕克先生抗議。

「壞人都是這麼說的！」阿嬤說。「現在滾出我家，否則我要報警把你這個偷窺狂抓起來！」

「妳還沒見識過我的眞本事咧。後會有期！」帕克先生說。撂下這句狠話後，他轉身出門。阿嬤跟小班一聽見大門在他們身後砰的一聲關上，就馬上跑到窗邊，只見帕克先生匆匆回到他家平房。

「我們應該是把他嚇跑了，」小班說。

「可是他還會回來的，」阿嬤說。「我們千萬要小心。」

「對，」小班神經無比緊繃地說。「最好把餅乾盒藏在別的地方。」

阿嬤想了一下。「對，我來把它藏在木頭地板底下。」

「好，」小班說。「可是在那之前……」

「怎樣？」

「妳可能會想先把衣服穿好。」

15 緊張緊張，刺激刺激

阿嬤重新把衣服穿好後，和小班一同坐在沙發上。

「阿嬤，帕克先生出現前，妳說有樣珠寶妳沒偷過。」小班低聲說。

「那樣珠寶與眾不同，世上每位神偷都巴不得弄到手。只是大家都求之不得。那是不可能的任務。」

「阿嬤，妳一定行的。妳是全世界最厲害的神偷。」

「小班，謝謝。或許我寶刀未老，但也可能走下坡了……得到那些珠寶是每位神偷的夢想，只是問題在於……這是天方夜譚。」

「那些珠寶？所以不只一顆？」

「答對了。上次有人試圖偷那些寶貝已經是三百年前的事了。一個叫作鐵血上校的人。我猜英國女王應該不怎麼高興吧……」她咯咯竊笑。

「妳指的該不會是……？」

「乖孫，沒錯，正是王室御寶。」

小班在學校上過有關王室御寶的歷史課。歷史是他少數喜歡的科目，他感興趣的原因在於古代那些殘酷的嚴刑峻法。「吊死、淹死和五馬分屍」是他的最愛，但死亡輪、綁在火刑柱上燒死和超燙的火鉗插屁屁同樣也獲得他的青睞。

誰不喜歡這些酷刑呢？

小班在課堂上學過，王室御寶其實是一整組的皇冠、寶劍、權杖、戒指、手鐲和寶球，其中有些有將近千年的悠久歷史，供國王或皇后登基即位時加冕。從一三〇三（這裡指的是年份，不是時間）起，這些珠寶就被妥善地鎖藏在倫敦塔下。

小班曾經求過爸媽帶他去看珠寶，可是他們抱怨倫敦太遠（實際上也沒那麼遠）。

老實說，他們一家人從沒眞正旅行過。小班小時候總是默默聽班上同學說各式各樣的冒險，聽得如痴如醉。到海邊玩、參觀博物館還有出國度假。但每次輪到他上台，他都緊張得胃糾結。他不好意思承認整個假期他唯一做的就是吃微波食品和看電視，只好瞎掰放風箏、爬樹、到古堡探險的故事。

不過，現在他有空前絕後的故事題材了。他的阿嬤是名國際珠寶神偷！只是萬一他把一切公諸於世，阿嬤就會被押進大牢，一輩子休想出獄了。

小班發覺這是他的大好時機，終於能做件緊張刺激又瘋狂的事了。

「我可以幫妳。」小班以一種沉著冷靜的口吻說，但其實他的心臟急速狂跳。

「幫我什麼？」老太婆有點困惑地說。

「當然是偷王室御寶啊！」小班說。

16

「不行」就是「不行」

「不行！」阿嬤吼道，她的助聽器也同步開始尖嘯。

「可以！」小班也回吼。

「不行！」

「可以！」

「不不行行！」

「可可以以！」

「不不不不不不不行行行行行行行！」

「可可可可可可可以以以以以以以！」

祖孫倆就這樣你來我往脣槍舌戰好幾分鐘，但爲了節省紙張，進而減少伐木，再進而維護環境，更進而愛護地球，我已經盡量長話短說了。

「我絕不會讓你這個年紀的小男孩跟我一起搶劫！更別說要偷王室御寶了！重點在於這根本是天方夜譚！不可能的任務！」阿嬤大聲嚷叫。

「一定有辦法的……」小班懇求著說。

「小班，我說『不行』，這就是拍板定案！」

「可是——」

「沒有可是，小班。不行。『不』加『行』等於『不行』。」

小班大失所望，可是老太婆吃了秤砣鐵了心。「那我還是回家好了，」他無精打采地說。

阿嬤看起來也有點垂頭喪氣。「也對，親愛的，你最好回家吧，你的把鼻跟馬迷一定會很擔心你。」

「他們才不會——」

「小班！回家！現在就回去！」

小班很傷心，因爲阿嬤才剛開始變得有趣，卻又被打回原形，成爲那群無聊大人的一份子。

但儘管如此，他還是唯命是從。別的不提，他至少不希望爸媽起疑，所以連忙趕回家、爬上排水管從窗戶鑽進臥室、再立刻下樓衝刺到客廳。

果不其然，爸媽一點也不擔心小班的行蹤。他們只顧著編織兒子明日舞王、超級巨星的美夢，根本沒發現他不見了。

老爸不斷撥打全國十二歲以下舞蹈大賽的熱線，最後終於接通，爲兒子保留了一個名額。老媽說得沒錯，再過兩週比賽即將在市政廳展開。沒時間浪費了，所以老媽只要一睜開眼，就忙著幫兒子製作愛的炸彈舞衣。

「兒子啊，舞練得如何？」老爸問道。「你好像使盡渾身解數了。」

「還可以，謝了，老爸，」小班撒謊。「爲了那個重要的夜晚，我準備了一些超勁爆的內容。」

小班暗地詛咒自己的口無遮攔。

超勁爆的內容？

只要他沒摔個狗吃屎、當場昏倒，就算他走運了。

「喲，那我們可要先睹爲快啦！就快登台啦！」老媽說話的同時，沒從縫紉機前抬起頭來，她正把一排幾百顆的閃亮紅心縫在那件萊卡彈性褲的褲腿上。

「老媽，我想暫時自己排練就好，妳知道的……」小班緊張地喘不過氣。「等完全準備好了再表演給你們看。」

「好，好，爸媽明白。」老媽說。

小班如釋重負地嘆了口氣。他爲自己多爭取到一丁點時間。

但只有一丁點。

再過兩週小班還是得爲全鎮表演一套單人舞。

他往床上一坐，手伸到床下拿他的藏書《水管工程週刊》。他去年翻閱期刊的時候，曾看到一篇名爲「水管工程簡史」的專題報導，重點鎖定倫敦最古老的下水道。小班瘋了似地翻頁，只爲找到它。

找到了！就在這兒。

幾百年前矗立在泰晤士河畔的倫敦塔，有條開放式的下水道（嚴格說來，這表示很多人在裡面噓噓和便便。）

河畔的樓房都有大水管，從各家的廁所直接通往泰晤士河。雜誌上鉅細靡遺地刊載歷史上倫敦不同的著名建築圖，顯示古老的下水道與河水相連。

還有……

小班的手指跟著這篇文章往下滑……

找到了！倫敦塔的下水道圖。

這可是偷王室御寶的關鍵。管子將近一公尺寬，小孩如果要游進去，空間也夠大了。說不定也夠讓小老太婆進去呢！

文章上也說自從水管系統現代化之後，許多老舊水管就被廢棄原處，因爲跟大費周張挖它們出土相比，這樣省事得多。

小班一想到這代表了什麼，思緒就跟著奔馳。泰晤士河裡可能——很可能——還有條大水管通往倫敦塔。

除了死心塌地的水管迷外，大多數人早就不記得它的存在。要不是長期訂閱《水管工程週刊》，小班自己也不會知道。

他跟阿嬤可以游進那條水管，然後潛入塔裡……

他心想：爸媽錯了！水管工程也可以很刺激的！

不過話說回來，那是條下水道，所以有點差強人意，而且噓噓和便便仍暗藏管內，它們同樣也有好幾百年的歷史。

小班不知道這樣是好是壞。

就在這個時候，他聽見地板嘎吱作響，臥室的房門猛然被打開。他媽衝進房間，手裡拿著一大件萊卡纖維，看起來很不吉利，好像是他「愛的炸彈」舞衣。

小班馬上把雜誌藏進床底，表情露餡，臉上寫滿無比內疚。

「我只是想叫你試穿一下。」老媽說。

「好啊，」小班在床上如坐針氈，一邊說一邊用腳跟把《水管工程週刊》露出的部分推出老媽銳利的視線範圍。

「那是什麼？」她問道。「我進門的時候，你在藏些什麼？那個是成人雜誌嗎？」

「不是啦。」小班邊說邊按捺他的內疚。這個誤會比實情更難堪，搞得好像他在床底下藏色情雜誌。

「小班，這沒啥好丟臉的。你對女生感興趣，是件健康的事。」

小班在心裡想：不好了。老媽要拿兩性的話題跟我扯了！

「小班，對女生有興趣沒啥好難爲情的。」

「很難爲情！女生很噁心！」

「不會的，小班，全世界最自然的事莫過於此……」

她話閘子一開就停不了啦！

「親愛的，晚餐快好囉！」樓下傳來吼聲。「妳在樓上幹嘛？」

「我在跟小班談兩性話題！」老媽回吼。

小班的臉紅到如果嘴張得夠大，別人可能會把他誤認爲郵筒。

「什麼？」老爸叫道。

「兩性！」老媽吼道。「我在跟兒子談兩性話題！」

「是哦！」老爸回吼。「那我把烤箱關掉。」

「所以啊，小班，如果你有需要——」

鈴鈴鈴鈴。

老媽口袋裡的手機響了。

「親愛的，抱歉，」她邊說邊把聽筒貼在耳朵上。「蓋兒，我等等回撥給妳好嗎？我在跟小班談兩性話題。好，謝了，掰——掰。」

她掛掉電話，轉身面向小班。

「抱歉，剛說到哪兒啦？哦，對了，如果你有需要跟我小聊一下兩性話題，老媽非常歡迎。你放心，我這個人很謹慎的……」

瞞天過海

隔天早上是小班生平第一次翹課。

基於對水管工程的熱愛，昨晚他發現了倫敦塔的一個弱點。世上最堅不可摧的建築，也是全國無惡不作的要犯囚禁與處決的所在，居然有個致命的弱點——有條下水道直接通往泰晤士河。

那條古老的水管將是他跟阿嬤進出倫敦塔的要道！這招眞教人拍案叫絕，這麼讚的發現讓小班的身體難掩興奮。

所以只好翹課。

他巴不得星期五晚上快點到來，到時候爸媽會再次將他送往阿嬤家。

到時候他就能說服老太婆，祖孫倆攜手竊取王室御寶不是一場夢。小班

會帶《水管工程週刊》內頁倫敦塔下水道系統的圖給她看。他倆可以整晚熬夜，精心策畫史上空前大膽的竊案。

問題是現在跟星期五晚上之間夾了整整一週份量的課程、老師和功課。不過小班下定決心要善用這一週的上課期間。

他在電腦課上網搜尋王室御寶的資料，將每個細節都牢牢記住。

到了歷史課，他問老師有關倫敦塔的問題，以及珠寶究竟藏在高塔的哪個區域。（愛打破砂鍋問到底的粉絲們，答案是珠寶室。）

等上地理課時，他找到一張不列顛群島的地圖，並且明確指出倫敦塔位於泰晤士河的何處。

輪到體育課，他不但沒有刻意不小心忘記帶體育服，反而還多做伏地挺身。把手臂練壯，才有力量爬通往倫敦塔的下水道。

等上數學課時，他問老師說如果有兩千億台幣——這是王室御寶據傳的市價——可以買下幾包焦糖牛奶巧克力。焦糖牛奶巧克力無非是小班最愛的甜食。

答案是一百億包，或兩百四十億顆焦糖牛奶巧克力。這起碼夠吃一年。這樣拉吉肯定會免費多送幾包。

到了法文課，小班學會：「我對你剛說的什麼『王室御寶』竊案一無所知，我只是個可憐的法國農村小男孩」，以備不時之需。萬一到時他得假扮成可憐的法國農村小男孩，以逃出犯罪現場，至少能摺出法語。

到了西班牙文課，他學會：「我對你剛說的什麼『王室御寶』竊案一無所知，我只是個可憐的西班牙農村小男孩」，以備不時之需。萬一到時他得假扮成可憐的西班牙農村小男孩，以逃出犯罪現場，至少能摺出西班牙語。

到了德文課，他學會……這個嘛，你應該抓到重點了。

等上科學課時，小班問老師要如何才能穿透防彈玻璃。因爲就算你有本事潛進珠寶室，偷走珠寶也是難如登天，它們可是存放在好幾公分厚的玻璃後方。

輪到美術課時，他用火柴做了個精巧的比例模型，在這個微型天地裡模擬大膽的搶案。

這星期的時間咻一下地過去了，上學從來沒這麼有趣過。最重要的是，這是小班生平第一次等不及要跟阿嬤共度時光。

等到星期五下午放學，小班覺得執行冒險計畫所需的資料，他全都蒐集完畢了。

王室御寶的竊案將登上電視新聞好幾星期，網站上也無所不在，同時還會攻佔全球各國每家報紙的頭版。只是，沒有人，沒有一個人，能料到犯案的居然是個小老太婆和年僅十一歲的男孩。幹下這起世紀竊案後，他們將能逍遙法外！

18 探病時間

「今晚你不能住阿嬤家了。」老爸說。

現在是星期五的下午四點，小班才剛放學回家。真是反常，老爸居然這麼早就回家了。通常他在超市工作要到八點才能下班。

「爲什麼？」小班問道，但這時他發現老爸臉上愁雲慘霧。

「兒子啊，恐怕有件壞消息要跟你說。」

「什麼事？」小班問他，如今他也愁容滿面。

「阿嬤住院了。」

不久，等小班和爸媽終於找到停車位後，便一同穿過醫院的自動門。小

班懷疑爸媽是不是真的有辦法在這裡找到阿嬤。這家醫院挑高寬敞得不像話，簡直像一座宏偉的傷病紀念館。

電梯搭完了還要再搭。

迴廊也連綿好幾公里。

到處都是小班看不懂的指示牌：

冠狀動脈加護病房

放射科

婦產科

臨床決策病房

核磁共振掃描室

躺在病床上或坐在輪椅上的病患一臉困惑，被人推上推下；看起來好像幾天沒睡覺的醫生護士，腳步匆忙地和他們擦身而過。

最後他們終於找到阿嬤位於十九樓側翼的病房，可是小班第一眼竟認不出她來。

頭髮在她腦袋瓜底下壓得扁扁的，她既沒戴眼鏡，也沒裝假牙，身上穿的不是家居服，而是標準規格的英國健保睡袍。彷彿所有造就她爲阿嬤的東西全被掏空，如今只剩一副軀殼。

看她這麼憔悴，小班好難過，但還是強掩哀傷。他不希望讓她煩心。

「喲，你們來啦。」她說話的聲音低沉沙啞，有點口齒不清。小班得深深吸一口氣，眼淚才不會奪眶而出。

「媽，妳現在怎麼樣？」小班的老爸問。

「不太好，」她答道，「我摔跤了。」

「摔跤？」小班說。

「對，不過我記不太得了。前一秒我才伸手到食品櫃拿一罐甘藍湯，接下來只記得自己躺在地毯上盯著天花板。我表妹愛德娜從她住的老人院打給我好幾次，電話一直沒人接，她就叫救護車了。」

「阿嬤，妳什麼時候摔跤的？」小班問她。

「我想想看啊，我在廚房地上躺了兩天，所以一定是星期三摔的。我沒辦法起來接電話。」

「媽，我很抱歉。」老爸輕聲說。小班從沒見過他爸面容那麼哀傷。

「說來眞巧，星期三我本來打算撥電話給妳的，小聊一下，問候一下妳的近況。」老媽撒謊。

她這輩子從沒撥過電話給這個老太婆；要是阿嬤主動打來，老媽總是巴不得快點掛上電話。

「親愛的，這事妳也料不到呀，」阿嬤說。「早上他們幫我做了各式各樣的檢查，看我身體出了什麼狀況；照X光啦，掃描啦，諸如此類的。明天就能知道結果了。希望不用在醫院待太久。」

「我也希望。」小班說。

接著是一片尷尬的沉默。

大家都不知該說什麼、該做什麼。

老媽遲疑地用手肘輕推老爸一下，假裝在看她的手錶。

小班知道她一進醫院就渾身不自在。兩年前他開刀拿掉盲腸，她只來醫院看過他兩次，但就算這樣，她每次來還是汗流浹背、坐立不安。

「那我們先走囉。」老爸說。

「好的，好的，你們走吧，」阿嬤說得一派輕鬆，眼底卻寫滿哀傷。

「我們不能多待一會兒嗎？」小班尖聲說道。

「別擔心我。我不會有事的。」

老媽瞪了他一眼，老爸凝視她痛苦的眼神。

「不行，小班，我們走吧，阿嬤得先睡幾個小時，」老爸邊說邊起身準備離開。「媽，最近我很忙，不過週末會想辦法過來看妳的。」

他像拍小狗那樣輕拍阿嬤的頭。這個動作很笨拙；誰教老爸向來沒有擁抱的習慣呢。

他轉身離去，老媽也虛弱地微微一笑，然後抓著小班的手腕，把心不甘情不願的他拽出病房。

晚上稍晚，小班上樓回到房間，決定把整個星期從學校蒐集而來的資料彙整一下。

他激動地在腦裡想著：阿嬤，我們會證明給他們看的。

如今阿嬤臥病在床，他竊奪珠寶的念頭更加堅定。**我要為妳而戰**。

他在晚飯時間前策劃了史上最了不起的珠寶竊盜案。

19 小小爆裂物

隔天早晨，爸媽一首一首篩選曲目，爲兒子即將到來的舞蹈大賽挑選音樂；小班則趁機溜出家門，騎單車到醫院。

等他終於找到阿嬤的病房時，只見她床邊待了個戴眼鏡的醫生。儘管如此，他還是欣喜若狂地跑過去見阿嬤，好跟她分享竊盜計畫。

醫生正握著阿嬤的手，輕聲細語、一字一句地對她說話。

「小班，讓我跟醫生叔叔獨處一下，」阿嬤說。「你知道的，我們正在講女人的事。」

「哦，呃，好吧。」小班說。他退回門邊，翻閱一本看起來非常無聊的女性雜誌。

醫生離開病房前，經過他身邊，說了句：「我很抱歉。」

小班心想：抱歉？有啥好抱歉的？

他試探性地走到阿嬤床邊。阿嬤正拿著面紙輕拭她的雙眼，但一見小班靠近，就不再拭淚，把面紙塞回睡袍袖口。

「阿嬤，妳沒事吧？」他輕聲問道。

「嗯，我沒事。只是有東西跑到我眼裡。」

「那爲什麼醫生會跟我說『我很抱歉』？」

阿嬤一度顯得驚慌失措。

「嗯，這個嘛，他大概覺得浪費你時間、害你白跑一趟，所以很抱歉吧。結果我一點問題也沒有。」

「眞的假的？」

「眞的，醫生把化驗報告給我，我跟屠夫養的狗一樣壯。」

小班從沒聽過這種說法，不過他猜這一定表示她身強體壯頂呱呱。

「阿嬤，這眞是天大的好消息耶，」小班驚呼。「那麼，我知道妳說過

『不行』——」

「小班，你要講的是不是跟我心裡想的一樣？」阿嬤問他。

小班點點頭。

「我說過幾百次『不行』了。」

「對，可是——」

「可是什麼呀，小朋友？」

「我發現倫敦塔有個弱點。我花了一週的時間擬定竊取珠寶的計畫。我覺得真的有辦法幹它一票。」

令他意外的是，阿嬤竟聽得很入迷。「把簾子拉起來，壓低音量。」老太婆嘶聲說道，並把助聽器的開關調到最大。

小班馬上繞著阿嬤的床把簾子拉上，然後往她身邊一坐。

「所以，午夜鐘聲響起時，我們穿著潛水裝橫越泰晤士河，鎖定那個老下水道，就在這裡。」小班一邊輕聲細語，一邊給她看過期的《水管工程週刊》上鉅細靡遺的繪圖。

「我們得游進下水道？我都這把年紀了！」阿嬤說。「別傻了，我的乖孫子！」

「噓，小聲一點。」小班說。

「抱歉。」阿嬤低聲說。

「而且這不傻。這招超厲害的。下水道剛好夠寬，妳看……」

阿嬤從枕頭上挺起上半身，湊到《水管工程週刊》的面前。她仔細研究那張圖。看起來的確夠寬。

「那麼，只要游進下水道，就能神不知鬼不覺地潛入塔裡啦，」小班繼續說。「倫敦塔的周圍其他地方，要嘛有荷槍實彈的警衛鎮守，要嘛設置了監視器和雷射感測器，走別條路進去，我們必死無疑。」

「是是是，但，之後我們要怎樣才能潛入收藏珠寶的珠寶室？」她低聲問道。

「下水道的終點是茅房。」

「你說什麼？」

「茅房。就是古代的廁所啦。」

「哦，對吼。」

「從茅房只要跑一小段路——」

「嗯哼！」

「呃，我是說只要**走**一小段路，穿過庭院就能到珠寶室了。不過到了晚上，珠寶室一定大門深鎖。」

「說不定是鎖了又鎖！」阿嬤好像心生疑慮。

這個嘛，小班只得想辦法說服她了！

「大門像是銅牆鐵壁，但我們只要把門鎖鑽開就行了——」

「可是啊，小班，皇冠、權杖和其他珠寶肯定都擺在防彈玻璃裡呀。」阿嬤說。

「對，不過那面玻璃不能防炸彈。我們只要引爆一個小小爆裂物，把玻璃炸開就好啦。」

「爆裂物？」阿嬤驚訝地說。「我們要上哪兒找這玩意兒啊？」

「我上科學課時藏了一些化學製品，」小班得意洋洋地笑著說。「我有信心一定可以把玻璃炸開。」

「小班，到時候警衛也會聽見爆炸聲啊。不不不，我很抱歉，這絕對行不通的！」阿嬤盡量小聲地叫喊。

「這個嘛，這我也考慮到啦，」小班說，他一度爲自己的足智多謀沾沾自喜。「那天，妳得早一點先自己搭火車到倫敦，然後僞裝成一個和藹可親的老阿嬤——」

「我本來就是個和藹可親的老阿嬤！」阿嬤表示抗議。

「妳知道我的意思就好，」小班面帶微笑繼續說。「妳從車站可以搭七十八號公車，一路坐到倫敦塔，然後給倫敦塔的警衛們吃摻了安眠藥的巧克力蛋糕。」

「哦，可以加我特製的草本安眠藥酒！」阿嬤說。

「呃，好耶，酷斃了，」小班說。「所以警衛吃了巧克力蛋糕之後，一到午夜很快會不省人事了。」

「巧克力蛋糕？」阿嬤表示抗議。「我覺得警衛一定會比較欣賞我的美味手工甘藍蛋糕。」

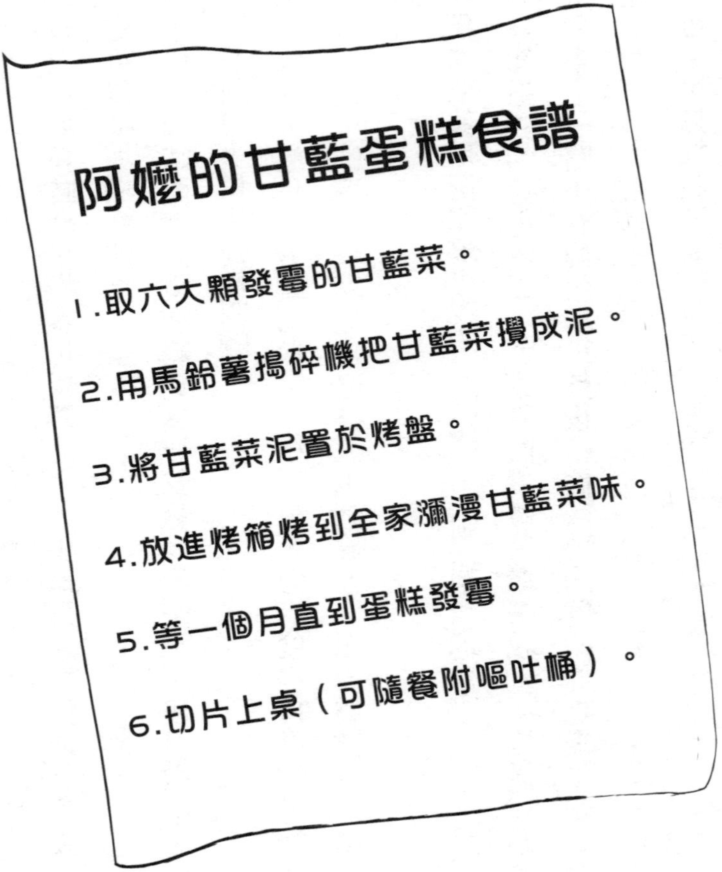
阿嬤的甘藍蛋糕食譜
1.取六大顆發霉的甘藍菜。
2.用馬鈴薯搗碎機把甘藍菜攪成泥。
3.將甘藍菜泥置於烤盤。
4.放進烤箱烤到全家瀰漫甘藍菜味。
5.等一個月直到蛋糕發霉。
6.切片上桌（可隨餐附嘔吐桶）。

「呃嗯。」小班侷促不安。

他不想惹阿嬤生氣，但除了阿嬤的直系血親外，沒人會願意嚐她做的甘藍蛋糕；而且就算是她的直系血親，也八成會趁她不注意的時候把它吐掉。

「我覺得超市買的巧克力蛋糕比較好欸。」

「這樣啊，看樣子你都全盤規劃好了。我對你刮目相看。眞有你的，居然想到潛入舊水管這招。」

小班驕傲地羞紅了臉。「謝了。」

「不過，你怎麼會知道這些事情的？下水道那些東西，該不會是學校教的吧？」

「不是啦，」小班說。「其實啊……我一直很喜歡水管工程。我記得我曾在最喜歡的雜誌裡看過這些老舊水管的資訊。」他高舉《水管工程週刊》。「我的夢想是以後當水管工。」

他猜阿嬤會責備他或者嘲笑他，所以把頭一垂。

「你爲什麼要低著頭？」阿嬤問他。

「嗯……這個嘛，我知道夢想成爲水管工很白癡、很無聊，我應該做更有趣的事才對。」小班察覺自己臉紅了。

阿嬷用手撐起他的下巴，輕輕地把他的頭抬高。「小班，你做的事既不白癡也不無聊，」她說。「假如你想當水管工，這是你的夢想，沒有人能將它奪走。明白了嗎？這輩子你能做的就是追隨自己的夢想，否則只是在浪費時間而已。」

「大……大概是吧。」

「而且老實說啊，你說什麼當水管工人很無聊，結果好樣的，居然一手策劃要偷王室御寶……這全要歸功於水管工程哪！」

小班綻露笑容。也許阿嬷說對了。

「小班，可是我有事想問你。」

「什麼事？」

「我們要怎麼脫逃？小朋友，萬一在現場被逮個正著，這麼厲害的計畫就會功虧一簣了。」

「阿嬤，這我知道，所以我認爲我們應該從下水道原路折返，泳渡泰晤士河游回原地。河只有五十公尺寬，而且我得過游泳百米獎牌。這肯定易如反掌。」

阿嬤咬著嘴脣。顯然不怎麼確定層層關卡到底是哪來的易如反掌，更別提在夜裡泳渡湍急的河了。

小班凝視著她，眼神流露期待。

「阿嬤，妳要不要加入嘛？妳到底還是不是神偷？」

她看樣子沉思了好一會兒。

「好不好嘛？」小班懇求道。

「妳的冒險故事我全都聽得如痴如醉，實在好想跟妳一起大幹一票。這次的出擊可是空前絕後，偷王室御寶耶！妳自己也說這是每個神偷的美夢啊。所以呢，阿嬤？要不要加入？」

阿嬤望著乖孫容光煥發的臉，過了一會兒咕噥道：「好吧。」

小班從椅子上跳起來抱緊她。「帥呆了！」

阿嬤抬起她虛弱的手臂擁抱他。這是多年來她第一次眞正地抱他。

「不過我有一個條件，」老太婆目光極其嚴肅地說。

「什麼？」小班輕聲問她。

「隔天晚上我們要物歸原主。」

20 撲通撲通

小班不敢相信阿嬤剛才說的話。他才不要費盡千辛萬苦去偷王室御寶，隔一晚又要物歸原主。

「可是那些寶貝價值好幾百萬，甚至好幾十億耶……」他開口埋怨。

「我知道。所以如果我們想要脫手出售，肯定會被抓的。」阿嬤回答。

「可是……！」

「小朋友，沒有『可是』了。隔天晚上我們就要物歸原主。你知不知道這些年我是怎麼閃避牢獄之災的？偷來的寶貝我一個也沒賣。我偷東西只是爲了尋求刺激罷了。」

「可是那些寶石妳不也留著嗎？」小班說。「雖然沒賣，卻都藏在妳的

餅乾盒裡。」

阿嬤眨眨眼。「對，這個嘛，因爲我當時年幼無知啊，」她說。「不過後來我發現偷竊是不對的。你也要有這個認知。」她嚴厲地瞪了他一眼。

小班侷促不安。「我知道，我當然知道……」

「小班，你沙盤推演出這麼一個計畫眞了不起，老實說眞是無懈可擊。可是那些寶石並不屬於我們，對吧？」

「對，」小班說，「不屬於我們。」先前他對歸還寶石的提議非常反感，如今卻感到有點羞愧。

「還有別忘了舉國上下、甚至全世界的警察都會搜尋王室御寶的下落。他們會派倫敦警察廳總部全員出動追緝我們。假如人贓俱獲，我們的餘生就得在牢裡度過了。雖然我可能沒多少日子可活，但苦窯你可能要蹲個七、八十年。」

「妳說得對。」小班說。

「況且女王感覺是個和藹可親的老人。其實我跟她年紀差不多。如果讓她動怒，我眞過意不去。」

「我也是。」小班咕噥著說。他常在新聞上看到女王，她似乎是個和藹可親的老太太，會從她巨型嬰兒車的後座向百姓微笑揮手。

「只爲追求刺激幹這一票。同意嗎？」

「同意！」小班說。「什麼時候行動？一定要找星期五的晚上，只有那時爸媽才會把我送去妳家住。醫生有沒有說妳什麼時候可以出院？」

「呃，有，他說啦，他說我隨時都能出院。」

「太讚了！」

「不過事不宜遲。下星期五如何？」

「會不會太趕了？」

「沒這回事，小班，你的計畫聽起來非常周全。」

「謝謝。」小班喜上眉梢。這是他第一次覺得自己讓大人以他爲榮。

「等我出院，就會搜刮行竊需要的傢伙。小班，你先走吧，下星期五晚上同一時間見囉。」

小班拉開簾子。沒想到阿嬤好管閒事的鄰居帕克先生居然站在那裡！

小班嚇了一跳，往床邊退了兩步，迅速把《水管工程週刊》塞進他的毛衣背後。

「你來這裡幹嘛？」小班問他。

「一定是想看我在床上洗香香！」阿嬤說。

小班咯咯竊笑。

帕克先生一時語塞。「不，不是的，我……」

「護士小姐！護士小姐！」阿嬤大聲叫嚷。

「慢著！」帕克先生驚慌失措地說。「我確定剛才聽見你們其中一個提到王室御寶……」

來不及了。個頭異常高大、又有雙大腳的護士小姐火速邁開又重又響的步伐走向病房。

「怎麼了？」護士小姐問道。「有什麼問題嗎？」

「這個男的在簾子後面偷看我！」阿嬤說。

「是這樣嗎？」護士小姐仔細打量帕克先生並質問他。

「這個嘛，呃，我聽到他們在……」帕克先生嘀咕著說。

「上星期他偷看我阿嬤做裸體瑜珈。」小班插話。

護士小姐嚇得臉都變紫了。「你這個噁心的下流胚子，馬上給我滾出病房！」她叫道。

帕克先生臉都丟光了，只好從令人膽寒的護士小姐面前退後，匆匆逃出病房。他在門口駐足對阿嬤和小班回吼：「你們還沒見識過我的眞本事咧！」然後才破門而出。

「要是那個男的再來騷擾妳，一定要讓我知道。」護士小姐說。她的臉變回比較正常的顏色了。

「我會的。」阿嬤說完，護士小姐便返回崗位。

「我們說的話可能全被他聽到了！」小班嘶聲說道。

「或許吧，」阿嬤回覆。「不過護士小姐應該把他嚇得不敢再來了！」

「但願如此。」小班對事態不幸的發展非常擔心。

「你還想大幹一票嗎？」老太婆問他。

小班此刻的感覺就像在搭雲霄飛車，它正緩緩循著軌道往上爬。既想下車又想待著，恐懼和喜悅混合為一。

「想！」他說。

「好耶！」阿嬤邊說邊給小班一個燦爛的微笑。

小班轉身離去，卻又轉過身子。「阿嬤，我……我愛妳。」他說。

「小小班尼，我也愛你，」阿嬤眨著眼說。

小班臉部肌肉抽搐了一下。他有個神偷阿嬤，這點很棒沒錯，可是他要教她叫他小班就好！

小班在迴廊上狂奔，心跳出奇地快。

撲通撲通。

他歡欣鼓舞、渾身是勁。

除了在遊樂園坐摩天輪，吐在他朋友頭上之外，這個十一歲的小男孩這輩子沒做什麼了不起的事；不過現在他要參與這世上空前絕後、無敵驚險刺激的竊案。

他奔出醫院，手忙腳亂地拿鑰匙從欄杆上解開單車，可是一抬頭，卻看見不可置信的畫面。

主角是他阿嬤。

阿嬤本身沒什麼奇怪的。

奇怪的是：

阿嬤正從醫院的側牆沿繩垂降。

她把幾條床單綁在一起，動作迅速地從樓房側牆往下爬。

小班不敢相信眼前的景象。他知道阿嬤是如假包換的神偷，可是這招也太超乎水準了吧！

「阿嬤，妳到底在幹嘛啦？」小班從停車場另一頭大吼。

「親愛的，電梯壞了！下星期五見。不要遲到哦！」她一邊嚷叫，一邊抵達地面、跳上電動代步車，然後轟隆隆……嗯，應該是咻咻呼地騎回家。

從沒有哪個星期像這週過得如此緩慢。

小班整個禮拜都在等待星期五的到來。每一天、每一小時、每一分鐘都像是一生一世。

明明是有史以來最偉大的犯罪智囊之一，卻得裝成一個平凡小男孩，這種感覺眞奇怪。

最後星期五終於到來。小班的臥室外傳來敲門聲。

咚——咚——咚。

「兒子啊，你準備好了嗎？」老爸問道。

「準備好了，」小班盡可能裝無辜地說，只是人在極度內疚的時候很難演得入戲。「明天早上不用太早來接我，我們常常玩拼字遊戲玩到很晚。」

「兒子啊，你不用玩拼字遊戲。」老爸說。

「不用？」

「不用的，兒子。今晚你根本不必去阿嬤家。」

「不妙！」小班說。「她又住院了嗎？」

「沒有啦。」

小班如釋重負地嘆了口氣，緊接著又惶恐不安。「那，爲什麼我不必去阿嬤家？」

如今萬事俱備，刻不容緩！

「因爲呢，」老爸說：「青少年組舞蹈錦標賽就在今晚。你發光發熱的時刻終於來臨啦！」

21

踢躂舞鞋

小班穿著愛的炸彈舞衣，默默坐在褐色小車的後座。

「小班，希望你沒忘了舞蹈大賽。」老媽一邊說，一邊在副駕駛座補妝；車子彎過轉角，她的唇膏也一不小心劃過臉龐。

「媽，我沒忘，當然沒忘。」

「小班，別擔心，」老爸一面說，一面驕傲地開車送兒子去舞蹈大賽赴死。「你在臥室都排練那麼多次了。評審一定會部給你滿分十分！」

「那阿嬤呢？她會不會在等我啊？」小班焦急地說。

照理說今晚是他們竊取王室御寶之夜，沒想到這輩子一個舞步都沒跳過的他，如今竟然在前往舞蹈大賽的途中。

惡夢竟然要成眞了。

他要跳支單人舞。

而且事前毫無準備。

還要在全場觀眾面前跳……

「哦，不用擔心阿嬤啦，」老媽說，「她連今天是星期幾都不記得！」她笑道，這時車子在紅燈前緊急煞車，睫毛膏就這麼濺在她的額頭。

他們抵達市政廳。小班瞧見穿著五顏六色萊卡彈性衣的參賽者，紛紛湧進大樓裡。

要是學校有人發現他參賽，這椿糗事將永難被世人忘懷。愛欺負人的小霸王會逮到這個把柄，讓他宛如永遠活在人間地獄。

更慘的是，舞蹈他根本沒練過。一次都沒練。完全不曉得待會兒上台要幹嘛。

大賽中將選出最傑出的青少年舞者，會頒發最佳雙人舞和最佳男女舞者的獎項。

如果獲獎，將有機會成爲縣市代表；假如又接著脫穎而出，就能代表國家參賽。

這是踏上國際舞王大道的第一步。今晚的主持人不外乎是《群星尬舞擂台》的萬人迷以及他老媽的夢中情人——法拉法拉里。

「今晚在這裡看到這麼多美女，眞是開心。」他帶著義大利腔愉悅地這麼說。

法拉本人比電視上更加耀眼。頭髮滑順地往後梳，一口牙齒潔白耀眼，一身勁裝跟保鮮膜一樣緊。「大家準備好熱舞了嗎？」

觀衆忘情地嘶吼：「準備好了！」

「法拉聽不見，再說一次：『準備好熱舞了嗎？』」

「準備好了！」這回他們音量略增，再次嘶吼。

小班在後台緊張地聆聽。他聽到有個女的尖叫：「法拉，我愛你！」叫聲疑似他媽。

小班環顧更衣室。這簡直是全球最顧人怨的小朋友大會堂。他們看起來早熟得叫人受不了，身穿鮮豔到可笑境界的萊卡舞衣，渾身塗滿仿曬霜、珍珠白的牙齒亮到從外太空都看得到。

小班焦慮地望著手錶，知道跟阿嬤的約會要大遲到了。他等呀等呀等的，等那群濃妝豔抹的小孩跳完快步舞、搖擺舞、華爾滋、維也納華爾滋、探戈、狐舞步和恰恰舞曲。

最後終於輪到小班上台了。他站在側廳讓法拉介紹出場。

「下一位是個小男孩，他將帶來精采的單人舞，讓大家今晚一飽眼福。讓我們一起歡迎小班！」

法拉滑步離開舞台，同時小班則是步伐沉重地登台，他的萊卡材質愛的炸彈舞衣往上縮在他的臀部，穿起來很不舒服。

小班獨自站在舞池中央，鎂光燈打在他身上。

音樂響起。他祈禱會有什麼突發狀況，讓他能夠立刻逃離這場災難。只要以下任何一種情況發生，他就心滿意足：

● 火警
● 地震
● 第三次世界大戰
● 冰河時期再次到來
● 一群致命的殺人蜂
● 外太空的隕石撞上地球，把地球撞離轉軸
● 海嘯
● 法拉法拉里遭到幾百隻會活人生吃的殭屍攻擊
● 颶風或龍捲風來襲（其實小班不太清楚兩者的分別，不過哪一種都好）
● 小班被外星人綁架，一千年內都不會返回地球
● 恐龍從某種時空任意門回到地球，擊碎屋頂，把屋裡的每個人生吞活剝
● 火山爆發，討人厭的是附近好像連一座火山都沒有
● 遭到巨型蛞蝓攻擊
● 就算是中型蛞蝓攻擊也好

小班這個人其實不講究，上述任何一種情況發生都好。

音樂播了一會兒，小班發覺自己還沒開始擺動身體。他望向爸媽，他們看到獨子終於登上舞台中央，驕傲地眉開眼笑。

他又望向舞台側邊，總是一臉笑容滿面的法里在那裡，對他咧嘴一笑表示鼓勵。

拜託，天崩地裂吧……

可是一切如昔。

他別無選擇，只能有所行動。做什麼都行。

小班開始擺擺腿，接著擺擺手，然後擺擺頭。他的這些身體部位沒有一個跟著節拍或按照順序擺動，接下來的五分鐘，他在舞池搖擺身體的風格只能說是令人難忘——你再怎麼想忘都忘不掉。

小班想趁音樂停下來的時候跳一下當結尾，不料卻砰地一聲摔在地上。場邊一片靜默。鴉雀無聲。

然後小班聽見有雙手在爲他鼓掌。他抬起頭來。

是他老媽。

接著另一雙手也跟著鼓掌。

是他老爸。

一度有幾秒鐘的時間，他以爲這或許像是電影中落水狗排除萬難大翻身的橋段：市政廳的所有觀衆馬上就會起立，爲這位小男孩鼓掌喝采，因爲他摯愛的雙親終於以他爲榮，在此同時他也改寫了人類舞蹈史。

這就是結局。

才怪。才沒那麼走運呢。

過了一會兒，他爸媽覺得只有他們在拍手很丟臉，所以不再鼓掌。

法拉回到舞台。

「這個嘛，這眞是……」這好像是義大利萬人迷生平第一次詞窮。「各位評審，麻煩爲小班亮牌給分。」

「零分，」第一位說。

「零分。」

「零分。」

「只差一位評審沒亮牌了。小班究竟能不能連拿四個零分呢？」

不過最後一位評審想必對面前這個汗流浹背、無法發揮得淋漓盡致、讓他世代家族蒙羞的小男孩寄予同情。她在桌子底下洗計分牌。「一分，」她向衆人宣布。

觀衆席響起高分貝的噓聲和嘲笑，逼得她改分數。「抱歉，我是說零分。」她邊說邊舉起原先選的計分牌。

「哎，評審們給的分數有點令人失望，」法拉依然強顏歡笑。「不過呢，小班班還是有希望的。報名今晚男子單人舞選項的只有你，所以優勝者非你莫屬啦。我這就爲你頒發實心的小塑膠獎牌。」

法拉拾起一尊跳舞男孩造型、看起來很廉價的獎盃，將它頒給小班。

「各位先生女士、男孩女孩，請給予小班最熱烈的掌聲！」

現場再次陷入沉默。就連老爸、老媽都不敢鼓掌。

接著噓聲響起，然後是嘲笑與喝倒采的聲浪。眾人吼著說：「丟臉！」、「不配！」、「搞什麼啊！」、「內定的啦！」

法拉完美的笑容開始瓦解。他彎腰朝小班的耳畔低語：「你最好趁觀眾對你處以私刑前逃走。」

說時遲那時快，有人從觀眾席後方扔了隻踢躂舞鞋。它急速飛過空中，起初八成是對準小班，沒想到竟擊中法拉的眉心，害他跌倒在地，接著失去意識。

小班心想：是時候告辭開溜了。

22

穿萊卡裝的暴民逆襲

一群熱愛交際舞的狂怒暴民把褐色小車追上街。

小班望向後車窗外，心想這群暴民整齊劃一地穿著萊卡裝逆襲，或許是史無前例。

老爸直催油門。

轟轟轟轟隆隆隆隆隆隆隆隆隆姆姆姆姆姆！

……然後他們拐過轉角，擺脫暴民。

「還好我剛剛替法拉做人工呼吸！」前座的老媽說。

「老媽，他只是失去意識，又沒停止呼吸。」小班在後座說。

「凡事小心爲妙。」老媽邊說邊補抹唇膏，因爲唇膏多半都被抹在法拉的臉跟脖子上。

「你的演出，一言以蔽之，糟糕又丟人。」老爸義正詞嚴地說。

「明明就是四個字，」小班竊笑著糾正他。「把『又』加進去的話是五個字。」

「小朋友，不要給我嘻皮笑臉的，」老爸嗆他。「這可不是在開玩笑，我的臉都被你丟光了。丟死人了。」

「丟人現眼。」老媽在一旁咕噥，表示贊同。

小班情願付出一切，只求立刻人間蒸發。過去拋棄也好、未來不要也行，他只求此時此刻不必坐在爸媽的車子後座。

「老媽，對不起，」小班說。「我眞的想讓你們以我爲榮。」這是實話：就算有時候他覺得爸媽有點白癡，但讓他們丟臉這件事，嗯，卻是他最不樂見的。

「這個嘛，我想你是用搞笑的方式呈現。」老媽說。

「我只是不喜歡跳舞嘛，總之就是這樣。」

「那不是重點。你的母親花了好幾個小時幫你做舞衣欸，」老爸說。眞奇怪，爸媽爲什麼老愛在你闖禍的時候稱彼此爲「父親」或「母親」而非「老爸」或「老媽」？

「你在舞台上根本沒努力跳嘛，」老爸繼續念。「你大概沒排練吧。一次也沒有。我跟你的母親這樣日以繼夜地辛苦工作，給你以前我們作夢也想不到的機會，結果你卻是這樣回報我們的……」

「不當一回事。」老媽說。

「這麼踐。」老爸跟著附和。

一行淚流過小班的臉頰，最後被他用舌頭接住。淚水嚐起來好苦。車子載著他們靜靜的一家三口，轆轆地開回家。

他們下了車，走進家門，還是半句話也不說。老爸一開大門，小班就蹦跳跳地上樓回房，砰地一聲關上房門。他往床上一坐，身上仍穿著愛的炸彈舞衣。

小班感到無比孤單。本來跟阿嬤約好的，現在已經遲到好幾個小時了。他不只讓爸媽失望，也令他愛得愈來愈深、感情超越其他人的阿嬤失望。事到如今，他們沒辦法去偷王室御寶了。

沒想到就在這個時候，有人輕敲他的窗戶。

竟然是阿嬤。

老太婆身穿潛水裝，爬上梯子搆著她孫子臥室的窗戶。

「讓我進去！」她戲劇性地以嘴型默示。

小班忍不住想笑。他打開窗戶，像是漁夫把一條巨無霸大魚拉進船上似地，把老太婆拽進來。

「你大遲到。」阿嬤一邊罵小班，一邊在他的攙扶下坐到床上。

「我知道，對不起嘛，」小班說。

「說好七點的，現在都十點半了。我餵倫敦塔警衛的安眠藥酒，藥效都快退了。」

「真的對不起，這說來話長。」小班說。

阿嬤坐在小班床上，上下打量他。

「還有你爲什麼穿得像是一張發瘋的情人節卡片？」她問道。

「剛說了，說來話長嘛……」

說來有點荒唐，阿嬤自己穿著保溫潛水裝和潛水面罩，竟然還批評他的穿著，不過沒時間解釋那麼多了。

「乖孫，動作快！換上這套潛水裝，跟我一起下梯子。我去發動電動代步車。」

「阿嬤，我們眞的要去偷王室御寶嗎？」

「這個嘛，我們是要去大顯身手！」老太婆微笑著說。

23

被條子抓到了

他們在鎮上呼嘯而過——阿嬤騎車，小班在後座緊抓不放。祖孫倆都穿潛水裝、戴潛水面罩，阿嬤的手提包用綿延幾里長的保鮮膜裹著、擺在前方的車籃裡。

阿嬤發現拉吉正在報攤準備打烊。

「哈囉，拉吉，親愛的，星期一不要忘了幫我留一點穆雷薄荷糖喲！」她吼道。

拉吉目瞪口呆地望著他倆。

「不曉得他吃錯什麼藥了，平常明明很健談的！」

到倫敦是一條漫漫長路，尤其是騎一輛（載兩個人時）最高時速只有四公里的電動代步車。

過了一會兒，小班發現馬路愈變愈寬，然後雙線道又變成三線道。

「屁股啦！這是高速公路欸！」小班在後座對著十公噸的卡車大吼。一輛輛卡車飛馳而過，氣流差點把代步車撞出馬路。

「小朋友，你要知道，罵髒話是不對的，」阿嬤說。「好了，我要催油門了。抓緊囉！」

沒過多久，有輛超大的油罐車一邊按喇叭，一邊隆隆駛過，只差一點點就要削到他們的腦袋。

MOVALLS

「長毛大屁股啦！」阿嬤破口大罵。

「阿嬤！」小班驚恐地叫道。

「哎呀，我說溜嘴了啦！」阿嬤說。大人們從來都不以身作則。

「阿嬤，恕我直言，不過我們這輛車好像不能開上高速公路欸。」小班說。說時遲那時快，又有一輛更大的卡車呼嘯而過。卡車後面揚起的氣流拖起代步車，小班感覺輪胎一度飛離路面。

「我下個出口就下交流道，」阿嬤說。可是她還來不及這麼做，藍色閃光就在他們身後旋繞。「不妙，條子來了！看我有沒有辦法把他們甩掉。」她猛催油門，代步車便從時速四公里爆衝至時速五公里。

警車開到祖孫倆身旁，車裡的警官火冒三丈地比手勢，要他們停車。

「阿嬤，最好先停車，」小班說。「我們完蛋了。」

「乖孫，交給我就行。」

阿嬤把電動代步車停在路肩，警車也在他們面前停下來，封鎖他們所有的脫逃機會。警車很大，相形之下代步車顯得更爲渺小，就像侏儒站在巨人面前，就……變得矮上加矮了。

「太太，這是妳的車嗎？」警官問道。他身材臃腫，留了一口小鬍子使他原本圓胖的臉看起來更癡肥。他那沾沾自喜的樣子彷彿在表達訓話是他全世界最愛做的事。要不然就是第二愛做的事，僅次於吃甜甜圈。名牌顯示他名叫皮西法克。

「警官，有什麼問題嗎？」阿嬤一臉無辜地說。她的潛水面罩因爲太過興奮而微微起霧。

「有，高速公路上嚴禁騎乘電動代步車，」警官用高人一等的口吻說。

（其他不准上高速公路的交通工具包括：

滑板

獨木舟

溜冰鞋

驢子

購物手推車
單輪車
雪橇
人力車
駱駝
魔法飛毯
喜劇駝鳥）

「這樣啊，警官，謝謝你特地向我說明。下次我們會注意的。不好意思，我們快要遲到了。先掰囉！」阿嬤一邊歡樂地說，一邊重新發動電動代步車。

「太太，妳有沒有喝什麼東西？」

「我出門前喝了點甘藍湯。」

「我是指有沒有喝酒。」他嘆息道。

「昨晚我吃了一顆白蘭地酒心巧克力。這樣算嗎？」

小班情不自禁地咯咯竊笑。

皮西法克瞇起雙眼。「那爲什麼妳身穿潛水裝，又用保鮮膜裹住手提包？可不可以解釋一下？」

看來要耗掉很多時間解釋了。

「因爲呢，因爲，嗯……」阿嬤一時詞窮。

他們死定了。

「因爲我們是保鮮膜鑑賞協會的成員。」小班胸有成竹地說。

「我怎麼從來沒聽過？」皮西法克不屑地說。

「我們才剛成立。」小班說。

「目前只有兩名會員，」阿嬤補充說明，謊愈扯愈大。「協會喜歡保持低調，所以都在水底開會，這也是爲什麼我們要穿潛水裝。」

警察被唬得一愣一愣。阿嬤話閘子停不下來，分明是想把他呼嚨過去。

「那麼，請恕我們失陪了。我們眞的很趕，要去倫敦跟氣泡袋鑑賞協會

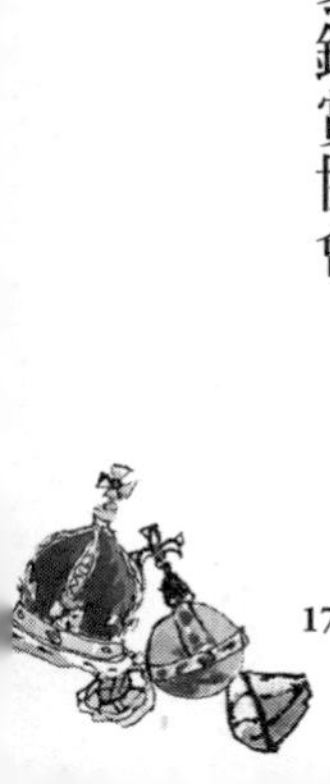

開一個重要的會議。我們正打算併社。」

皮西法克一時語塞。「他們有幾名會員？」

「只有一名，」阿嬤說。「但是如果能結合力量，茶包、影印文件和迴紋針等等的經費都能省下來啦。掰囉！」

阿嬤腳踩踏板催油門，電動代步車便突然爆衝。

「**給我站住！**」皮西法克把肥滋滋的手直舉面前，對他們喝斥。

小班嚇得呆若木雞。他還不滿十二歲就要在牢裡度過餘生了。

皮西法克身子前傾，臉湊到阿嬤面前。

「我送你們一程吧。」

24 黑水

「麻煩這裡停就好，」阿嬤在警車後座帶路。「倫敦塔對面就行。非常感謝。」

皮西法克使勁從後車廂卸下代步車。「這個嘛，下次請務必記得，電動代步車只能上一般馬路，主幹道不行，更別說高速公路了。」

「是的，警官。」阿嬤面帶笑容地說。

「那好吧，祝你們兩位跟那個什麼……保鮮膜——氣泡袋結盟順利。」

皮西法克說完話便揚長而去、隱沒在黑夜中，只剩阿嬤跟小班在河的對岸凝望宏偉壯麗、矗立千年的倫敦塔。它在夜裡顯得格外壯觀，四座圓頂塔燈火通明，映得底下清冷幽暗的泰晤士河波光粼粼。

倫敦塔以前是座監獄，前任的住戶大名鼎鼎（包括後來的伊莉莎白王太后、冒險家沃爾特・雷利爵士、恐怖分子蓋伊・福克斯、資深納粹黨員魯道夫・赫斯和傑德沃德——這個是我瞎掰的，不過我想要看他們被關在倫敦塔一輩子，誰叫他們亂搞音樂。）不過如今這座塔成了博物館，收藏了貴重的王室御寶，還為它們特別打造一間專屬的珠寶室。

全天下看起來最不像江洋神偷的祖孫倆站在河岸。「準備好了嗎？」阿嬤問道。她坐在警車後座超過一小時，所以面罩全都蒙上一層霧。

「好了好了，」小班亢奮到顫抖地說。「我準備好了。」

阿嬤伸手握住小班的手，然後數「三、二、一」，數到一的時候兩人跳入底下的黑水。

即使身穿潛水裝，河水還是凍得教人受不了，好一會兒小班眼前只有一片漆黑。實在既恐怖又刺激。

等他們把頭冒出水面，小班暫時將呼吸管從嘴裡拔出來。

「阿嬤，妳還好嗎？」

「我精神好得不得了。」

他們用狗爬式泳渡泰晤河。小班從來就不是游泳高手，游得有點落後。他暗自希望帶了充氣臂環，不然至少也要帶氣墊床。

一艘音樂刺耳、年輕人高聲歡叫的大型派對遊艇開過河面。阿嬤原本游在前面的，可是小班跟丟了。

不好了！

她會不會被遊艇輾過去了？

阿嬤會不會葬身在泰晤士河底？

「你是烏龜啊，快一點哪！」派對遊艇駛過後，他倆再次看見彼此，阿嬤對他大叫。

這下子小班才放寬心，鬆了口氣，繼續用狗爬式在深黑色的髒水裡游。依照《水管工程週刊》上畫的圖，下水道就位在叛國門的左方。（這是從水路唯一通往倫敦塔的入口，以前許多囚徒會被抓去關個一輩子或斬首，如今叛國門已用磚頭堵死了，所以下水道成了水路唯一進出高塔的管道。）後來找到了下水道，小班才如釋重負。它在水裡半隱半現、陰森黑暗，他可以聽見波浪的聲音在裡面迴響。

小班突然對整趟冒險有了不一樣的想法。他再怎麼喜歡水管工程，也不想爬進老舊的下水道。

「小班，上啊，」在水中載浮載沉的阿嬤說，「我們費了這麼多工夫，別在最後關頭放棄呀。」

小班心想：好吧。如果連一個小老太婆都這樣義無反顧了，我當然要勇往直前。

小班深深吸一口氣，硬著頭皮進下水道。阿嬤緊跟在後。

下水道裡烏漆抹黑，他走了幾公尺，感覺有什麼玩意在頭上爬。他聽見吱吱叫，好像有東西在抓他頭皮。

感覺像是爪子。

他把手伸到頭上。

摸到大大的、毛茸茸的玩意兒。

才察覺到這個恐怖的事實。

有老鼠！

有隻巨無霸老鼠緊抓他的頭頂不放。

「啊啊啊啊啊啊啊啊啊啊啊！」小班驚聲尖叫。

25 鬧鬼

小班的叫聲響徹下水道。他使勁把老鼠從頭上甩開，結果牠落在阿嬤身上，誰教她緊跟著他在水管裡爬。

「可憐的小老鼠，」她說，「親愛的，溫柔一點。」

「可是——」

「人家先來的欸，好了，動作快。先前給警衛摻安眠藥酒的巧克力蛋糕，藥效快要退了。」

他倆繼續往水管深處爬。下水道又濕又滑又難聞。（眞是辛苦小班跟阿嬤了，原來古時候的便便聞起來還是那麼臭。）

過了一會兒，小班在一片漆黑中看見一束灰光。終於來到隧道盡頭啦！

他撐起自己的身子，爬出古老的石頭茅廁，再把手伸進水管，拉著阿嬤往外爬。他們從頭到腳覆滿臭到噁心的黑色爛泥。

小班站在寒意逼人的幽暗茅廁中，發現牆上有扇沒有玻璃的窗子。於是祖孫倆穿過窗戶，落在倫敦塔庭院濕濕冷冷的草地上。

有那麼一會兒，他們只是躺在草地上仰望月亮和星星。小班伸手握阿嬤的手，阿嬤也緊緊捏了捏他的手。

「好美啊。」小班說。

「親愛的，走吧，」她輕聲細語。「我們還沒開工呢！」

小班站了起來，並扶阿嬤起身。老太婆馬上開始拆那緊裹手提包、用來達到防水效果的保鮮膜。

這一拆就耗了好幾分鐘。

「保鮮膜我可能裹太多層了。但不怕一萬，只怕萬一。」

最後連綿一里長的保鮮膜終於拆光了，阿嬤取出小班從學校圖書館某個書上剪下來的地圖，這兩個看起來不稱頭的神偷才能鎖定珠寶室的位置。

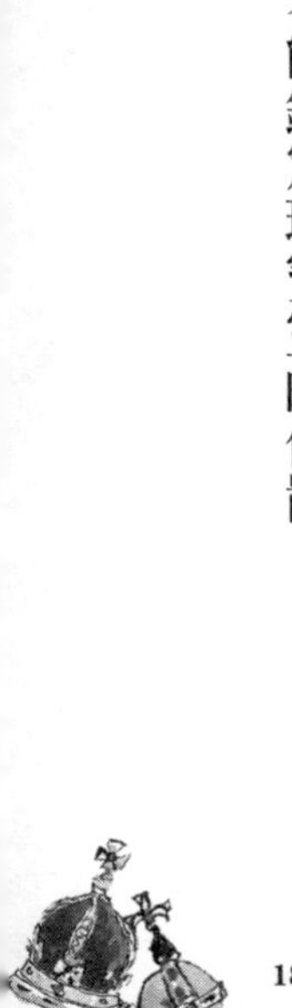

夜裡待在倫敦塔的庭院真讓人渾身不舒服。

傳說那些在倫敦塔送命的囚徒在此陰魂不散。多年來，好幾個警衛嚇得逃跑，說他們曾在夜深人靜時分，看見許多在此葬生的歷史人物。

不過此刻在庭院徘徊的東西，比那些玩意兒更詭異。

那就是穿潛水裝的阿嬤！

「這邊。」阿嬤嘶聲叫道，於是小班跟著她走進一條圍牆通道。小班的心撲通撲通跳，覺得自己好像快要爆炸了。

幾分鐘後，他倆站在珠寶室外，俯瞰綠塔和囚犯被斬首或吊死的遺址。

小班不曉得要是他跟阿嬤在偷王室御寶時被人逮個正著的話，之後會不會被處死；一想到這，他就毛骨悚然。

兩名倫敦塔警衛躺在地上、鼾聲雷動。他們原本完美無瑕、繡著伊莉莎白女王（Elizabeth Regina）縮寫的ＥＲ字樣黑紅制服，漸漸被潮濕的地面弄髒。阿嬤摻在巧克力蛋糕的草本安眠藥酒真的奏效了。

但能維持多久？

阿嬤急匆匆地走過他們身邊，屁屁發出熟悉的呱呱響。其中一名警衛聞到了，皺起他的鼻頭。

小班憋住氣，一方面是因爲不想聞到那屁味，另一方面也是因爲太害怕了。

阿嬤的屁味到底會不會把警衛薰醒、害他們前功盡棄呢？

這一剎那久得像是永恆……

然後警衛睜開一隻眼。

大事不妙！

阿嬤把小班往後一推，然後舉起她的手提包，好像這樣就可以擊倒倫敦塔警衛。

小班在心裡想：完蛋了。我們要被吊死了！

可是下一秒，警衛又閉上眼繼續打呼。

「阿嬤，想辦法控制妳的屁股好嗎？」小班斷聲說道。

「我啥也沒做啊，」阿嬤故作無辜地說。「一定是你放的。」

他們躡手躡腳，來到珠寶室外的鋼鐵大門前。

「好的，現在我只需要你爸的電鑽……」阿嬤邊說邊把手伸進手提包。

伴隨著震顫的嗖嗖聲，她開始鑽一系列的門鎖。金屬門鎖一個接著一個碎裂落在地上。

這時警衛的鼾聲突然變得格外響亮。

呼呼呼！

小班不敢動彈，阿嬤也嚇得電鑽差點摔到地上。不過警衛繼續酣睡，過了驚心動魄的幾分鐘，大門終於開了。

阿嬤看起來筋疲力盡，汗水從她的額頭流淌而下。她在一堵矮牆上坐著小歇片刻，然後取出保溫瓶。

「要不要喝甘藍湯？」她問道。

「不了，阿嬤，謝謝，」小班答覆。他心神不安地挪動身子。「我們最好趁警衛醒來前下手。」

「現在的小孩子就只知道趕趕趕。耐心才是美德。」她將最後一點甘藍湯一飲而盡，然後站起身子。

「有夠讚！好，幹活兒吧！」她說。

鋼鐵大門嘎吱作響地開啓，小班和阿嬤就這麼進入珠寶室。

黑暗中，黑色的羽毛慌亂振翼，拂過小班跟阿嬤的臉。小班被嚇得再次驚聲尖叫。

「噓！」阿嬤說。

「那是什麼？」小班一邊問，一邊望著長翅膀的生物隱沒在漆黑的夜空。「是蝙蝠嗎？」

「不，親愛的，這個是渡鴉。這裡有幾十隻呢。渡鴉在倫敦塔住了好幾百年。」

「這裡好恐怖哦，」小班說。他嚇得胃都打結了。

「特別是在夜裡，」阿嬤表示贊同。「好了，乖孫，別離我太遠，因爲更恐怖的還在後頭……」

26 黑暗中的人影

在他們眼前的是一條蜿蜒長廊。來自世界各地的遊客不惜排上幾小時的隊，也要一睹王室御寶的眞面目。

老太婆和她的金孫躡手躡腳，靜悄悄地穿過迴廊，身後滴落又冰又臭的泰晤士河水。

最後他們拐個彎，進入收藏珠寶的主室。宛如陰天裡太陽突然從厚厚的雲層中探出一樣，珠寶的光輝映在小班和阿嬤臉上。

這對祖孫小偷停下腳步、嘆爲觀止。他們張著嘴巴，癡癡地望著眼前的珍寶。它們璀璨奪目，超乎所有人的想像，是世上首屈一指的珍寶。

● 聖愛德華皇冠——加冕典禮時，由坎特伯里的樞機主教爲新上任的國王或皇后加冕所戴。皇冠由黃金打造，上面鑲有許多藍寶石和黃寶石。亮晶晶！

● 帝國皇冠——鑲了不可思議的三千顆寶石，其中包括非洲之星二號（從最大塊出土鑽石所切割的第二大顆。別問我，我不知道非洲之星一號在哪裡）。

● 令人驚豔的印度帝國皇冠——鑲以六千顆左右的鑽石以及華美的紅寶石和綠寶石。可惜不是我的尺寸。

● 源自十二世紀的加冕金聖匙——用來爲國王或皇后施以聖油。不是用來舀巧克力穀片的喲。

● 可別忘了聖油瓶——以黃金打造，瓶身是老鷹造型，用來盛裝聖油。像是超高級的保溫瓶。

● 最後是名聞遐邇的寶球跟權杖，這可是巧奪天工。

假如王室御寶成爲賣場型錄的主打商品，看起來八成會是這個樣子：

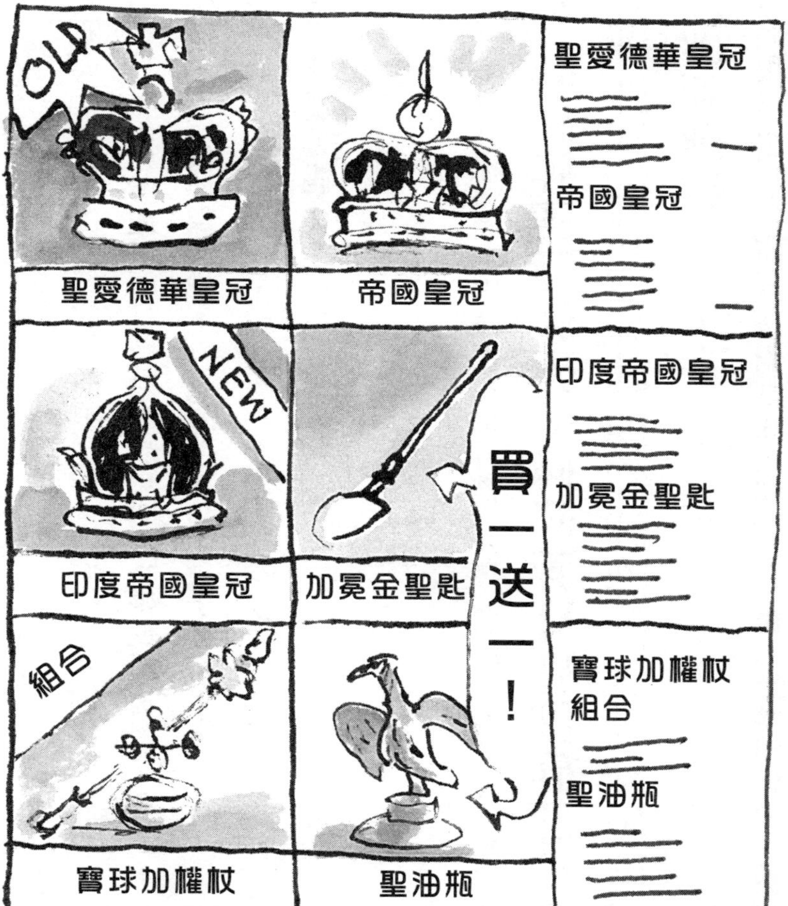

阿嬤從手提包取出捲好的超商購物袋，準備把王室御寶放進去。
「好，現在只要把玻璃打破就大功告成。」她低語道。
小班不可置信地望著她。「這麼多寶石，袋子裝得下嗎？」
「這個嘛，親愛的，不好意思，」她輕聲答覆。「現在買東西都要額外花兩塊錢才能拿塑膠袋，所以我只加購一個。」
玻璃有好幾公分厚欸。
還是防彈材質。
小班從科學課上偷走幾種化學化合物，把它們混在一塊兒，點著的話，就會……**砰砰砰！！！！！**
他們用萬用膠把化學化合物黏在玻璃上。然後阿嬤將粉紅羊毛線球的一端接在萬用膠上。（羊毛是最佳導火線。）接著她取出一些火柴。他們只要確定不要離爆點太近就行，不然可能會被炸得屍骨無存。

「好了，小班，」阿嬤低語道。「現在盡量離玻璃愈遠愈好。」

祖孫倆撤到牆邊，沿路一面解開粉紅毛線球。

「想不想點導火線？」阿嬤問他。

小班點點頭。他超想要點導火線，可是興奮過頭，手抖得太厲害，不知點不點得著。

小班打開火柴盒，裡面只有兩根火柴。

他準備劃第一根火柴，無奈手抖得太嚴重，火柴斷成兩半。

「唉呀，」阿嬤低語。「再試另一根。」

小班拿起另一根火柴。

他試著點燃火柴，但是一點反應也沒有。一定有河水從他潛水裝的衣袖滲進去了。兩根火柴跟火柴盒都濕透了。

「沒救了！」小班絕望地喊道。「爸媽說得對。我很沒用。我連一根火柴都點不著！」

「小班，別說喪氣話。你這個孩子啵兒棒。阿嬤不說假話。自從我們常常玩在一起後，我比以前還要開心個一百倍。」

「眞的假的？」小班說。

「眞的！」阿嬤答覆。「你足智又多謀，一個人精心策劃整起搶劫案，而且你才十一歲。」

「我快十二歲了，」小班說。

阿嬤咯咯竊笑。「親愛的，你懂我要說的就好。像你這個年紀的小朋友，有幾個人能策劃這麼大膽的冒險？」

「可是現在王室御寶偷不成了，害我們白費這麼多時間。」

「還沒結束呢，」阿嬤邊說邊從她的手提包取出裝甘藍湯的錫碗。「古早的蠻力永不退流行！」

阿嬤將錫碗遞給乖孫。小班面帶笑容地接過，然後走向陳列櫃。

「看我的！」小班一邊說，一邊手往回拉，準備拿錫碗擊碎玻璃。

「拜託不要。」暗影中傳來人聲。

小班跟阿嬤嚇得不敢動彈。
是不是鬼？
「是誰？」小班扯開嗓門。
人影走到亮處。
是英國女王。

27 覲見女王

「妳到底來這裡幹嘛？」小班問她。「呃……我是說，女王陛下，妳到底來這裡幹嘛？」

「我失眠的時候喜歡來這裡晃晃。」女王答覆。她那高貴的口吻教人一聽就耳熟。

令小班和阿嬤吃驚的是，她竟然穿著睡袍和毛茸茸的柯基犬造型拖鞋。而且她的頭上還戴了加冕皇冠，王室御寶中最璀璨奪目的就屬它了。她在一九五三年登基爲后時，坎特伯里的樞機主教爲她加冕的就是這頂后冠。它可追溯自一六六一年，由黃金打造，鑲有鑽石、紅寶石、珍珠、綠寶石和藍寶石等。

這樣的皇冠，就連女王看了也目不暇給！

「我是過來沉思的，」女王繼續往下說，「我請司機開車從白金漢宮送我來這兒。再過幾星期就是聖誕節，我要對全國民眾致詞，所以得好好想想該說些什麼。戴著皇冠想比較有靈感。不過重點是：你們兩個到底在這裡幹嘛？」

小班跟阿嬤好慚愧，兩個人面面相覷。

被人訓話很糟沒錯，但被英國女王訓話已進階到一個完全不同的訓話境界，下頁這個圖表可以簡單明瞭地告訴你：

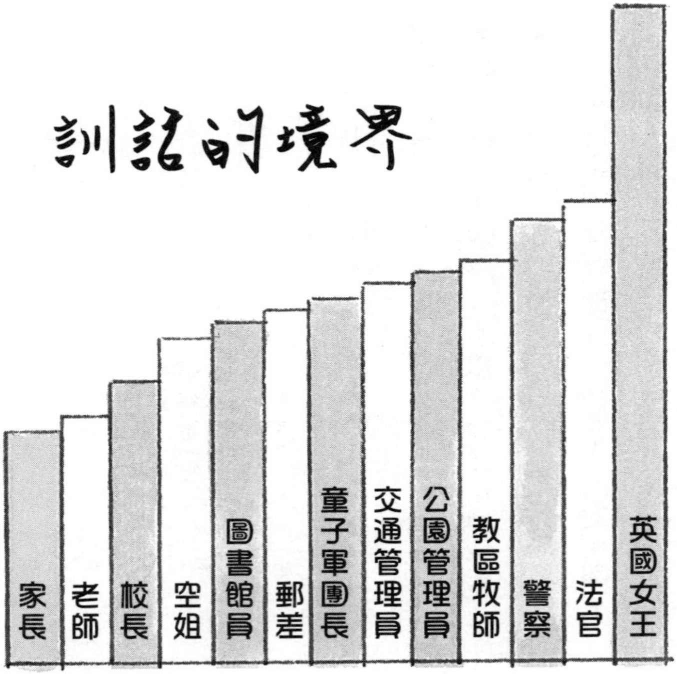

「還有你們兩個爲什麼聞起來像是便便？快說啊，」女王陛下催促道，「我在等你們答話。」

「女王陛下，要怪就怪我好了。」阿嬤低著頭說。

「不，不是她的錯，」小班說。「偷王室御寶是我的主意。是我說服她的。」

「沒錯，」阿嬤說：「不過我不是這個意思。整件事是我起的頭，因爲我裝成國際珠寶神偷。」

「什麼？」小班驚呼。

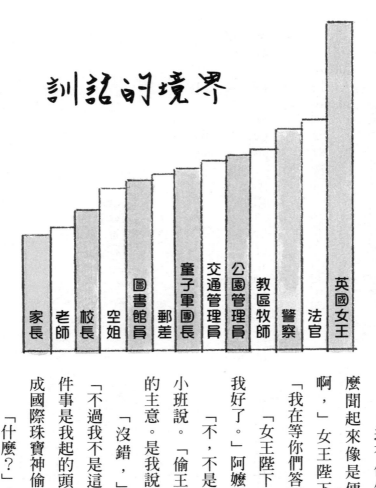

「妳在說什麼？」女王問道。「哀家被妳搞糊塗了。」

「我的金孫不喜歡星期五來我家過夜，」阿嬤說。「有天晚上我聽到他打電話給他爸媽，抱怨我有多無聊——」

「可是阿嬤，那都是以前的事了！」小班表示抗議。

「小班，沒關係，我知道從那時候起你開始對我改觀。其實我眞的很無聊，只喜歡吃甘藍菜、玩拼字遊戲，我很清楚你恨死那些玩意兒了。所以我從讀的書裡編故事逗你開心，騙你說我是一個惡名昭彰的珠寶神偷，名叫『黑貓』……」

「那妳給我看的那些珠寶又怎麼說？」小班問她，發現自己受騙後，他又驚又怒。

「親愛的，那些都不值錢啊，」阿嬤答道。「全是玻璃做的。是我在一家義賣商店的冰淇淋筒裡找到的。」

小班目不轉睛地瞪著她。他怎麼也無法相信這整件事、這些不可思議的故事，全都是瞎掰的。

「我不敢相信妳居然騙我！」他說。

「我——我的本意是……」阿嬤支吾其詞。

小班火冒三丈地瞪著她。「妳根本不是我的神偷阿嬤，」他說。

然後珠寶室一片死寂。

接著傳來相當嘹亮的一聲咳嗽。「嗯哼。」一個高貴的聲音說。

28 吊死、淹死、五馬分屍

「萬分抱歉，我打個岔，」女王用她清脆的嗓音說：「當務之急是，我們能不能言歸正傳？我還是不懂你們兩個爲什麼渾身是便便味，三更半夜跑到倫敦塔裡，還想偷走我的珠寶。」

「這個嘛，女王陛下，因爲我一開始撒謊，謊就愈說愈大，」阿嬤迴避小班的眼神繼續說，「我不是故意釀成大禍的。我大概是得意忘形了吧。能多點時間跟我的乖孫共度歡樂時光，這種感覺眞好，也讓我想起說床邊故事給他聽的往事。那個時候他還不覺得我無聊。」

小班坐立難安，也開始覺得內疚。阿嬤撒謊騙他，這是很過分沒錯，可是她之所以這麼做，全是因爲被自己嫌無聊、覺得難過。

「我也很開心，」他輕聲說。

阿嬤對他綻露笑顏。「小小班尼，那就好。我很抱歉，我眞的——」

「嗯哼，」女王打斷她的話。

「剛說到哪兒啦，」阿嬤說。「想到了，總之事情在不知不覺中如雪球般愈滾愈大，我們開始計畫史上最刺激的竊盜案。對了，女王陛下，我們是爬下水道來的，平常身上不會那麼臭。」

「希望眞的不會那麼臭。」

「實實實實在在在在在太太太太太太太太太好好好好好啦啦啦啦啦！！！！！」

現在小班慚愧得無地自容。就算阿嬤從來就不是名聞國際的珠寶神偷，她也絕對不是個無聊的老太婆。多虧有她和他一起策劃這起搶案，否則他們也不會在半夜成功潛進倫敦塔，更別提有機會和女王說話！

小班突然想到：我得想辦法救阿嬤。

「女王陛下，這起搶案是我的主意，」他說。「我很抱歉。」

「請放了我的乖孫，」阿嬤打岔，「我不希望他年紀輕輕、下半輩子就這麼毀了。拜託妳，我求求妳。我們本來就打算明晚將王室御寶物歸原主的。我發誓。」

「眞是說謊不打草稿。」女王咕噥道。

「是眞的！」小班喊道。

「女王陛下，要殺要剮，我隨便妳，」阿嬤繼續說，「妳想要的話，把我關在這塔裡一輩子也行，可是我求求妳，放了這個孩子。」

女王好像陷入沉思。

「我眞不知該如何是好，」最後女王打開話閘子。「妳的故事很感人。你們知道的，我也是人家的阿嬤，我的孫子有時候也覺得我很無聊。」

「眞的假的？」小班說。「可是妳是女王欸。」

「是啊。」女王咯咯竊笑。

小班大吃一驚。他從沒看女王笑過。平常她正經八百，在電視上看她爲聖誕節致詞或是主持國會開幕典禮時，都不露一絲笑容，就連觀賞《皇家大匯演》喜劇演員表演時也不苟言笑。

「可是對他們來說，我只是個無聊的老阿嬤，」她繼續說下去。「他們忘了我也年輕過。」

「也忘了有一天他們也會變老。」阿嬤補了一句，並意有所指地看了小班一眼。

「親愛的，一點都沒錯！」女王表示贊同。「我覺得年輕的一輩應該多花點時間陪陪老人家。」

「女王陛下，對不起，」小班說。「假如我沒有那麼自私又怪阿嬤無聊，這些事就不會發生了。」

接著是令人不安的沉默。

阿嬤在她的手提包裡東翻西找，然後遞給女王一包糖果。「女王陛下，要不要來點穆雷薄荷糖？」

「好的，」女王說。她拆開包裝紙，把糖塞進嘴裡。「天哪，我好多年沒吃了。」

「這是我的最愛。」阿嬤說。

「眞是歷久彌新。」女王一邊吃著糖果，一邊補充道，隨後恢復鎮定。

「你們知道上一個企圖竊取王室御寶的人，他後來下場如何嗎？」女王問道。

「他是不是被吊死、淹死、五馬分屍？」小班興奮地反問她。

「信不信由你，但他被赦免了，」女王苦笑著說。

「女王陛下，他被赦免？」阿嬤問。

「一六七一年，有個名叫鐵血上校的愛爾蘭人試圖盜寶，可是在逃跑的過程中被警衛逮個正著。他把我現在戴的這頂皇冠藏在斗篷下，剛好一出門就掉在地上。國王查理二世覺得他膽大包天很有意思，所以把他放了。」

「我一定要孤狗一下。」小班說。

「我不知道什麼是孤狗。」阿嬤說。

「我也不知道，」女王竊笑道，「所以說，我會遵循王室傳統，赦免你

們兩個。」

「哦，女王陛下，謝謝妳，謝謝。」阿嬤邊說邊親吻她的手。

小班雙膝一跪。「謝謝，謝謝您，女王陛下，眞的非常感謝您……」

「好好好，別卑躬屈膝的，」女王說。「我受不了別人跟我低聲下氣。我在位期間遇過太多阿諛奉承的人了。」

「至高無上的女王陛下，眞的非常抱歉。」阿嬤說。

「我指的就是這個！你看

你們又低聲下氣了！」女王答覆。

小班和阿嬤惶恐地看著對方。跟女王陛下說話，實在是很難不稍微低聲下氣。

「那麼快點打起精神，」女王說：「等等這裡就要被警衛包圍了。還有別忘了聖誕節要看我上電視喲……」

29

警察重裝上陣

等祖孫倆緩慢艱難地回到格雷死胡同時，天都亮了。這回可沒警車送他們一程。從倫敦騎電動代步車回家是條漫漫長路，沿途經過許多減速丘，顛呀簸地，最後咻咻呼地騎進阿嬤的私人車道。

「今晚眞是驚險！」小班嘆息著說。

「是啊，好樣的，不過我的老天爺啊，這玩意兒騎太久我身子都僵了，」阿嬤邊說邊將她年邁疲憊的身體小心翼翼地從代步車移下來。「小班，你要知道，我很抱歉，」她頓了一下才說，「我不是故意要傷你的心。只是跟你相處實在太開心了，我捨不得結束。」

小班微微一笑。「沒關係，我明白妳爲什麼那麼做。別擔心，妳還是我的神偷阿嬤！」

「謝謝，」阿嬤輕聲說，「總之，這趟刺激的旅程會讓我一輩子都回味無窮。現在我要你回家、當個乖寶寶、好好鑽研你的水管工程……」

「我發誓我會的。我再也不當竊賊啦。」小班竊笑著說。

這時阿嬤突然一動也不動。

她抬頭一看。

小班聽見直升機在頭頂颼颼盤旋。

「阿嬤？」

「噓……！」阿嬤調整助聽器，專注聆聽。「不只一架直升機，聽起來像是一整隊。」

嗚咿──嗚咿──嗚咿──嗚咿──嗚咿！

警車的警笛聲從四周尖嘯而來，過不了多久，荷槍實彈的警力便從四面八方將他們團團包圍。現在死胡同裡的平房阿嬤跟小班一棟也看不到了，因

爲一群身穿防彈背心的員警在他們面前形成銅牆鐵壁。警用直升機在頭頂的呼嘯聲震耳欲聾，害阿嬤得調低助聽器的音量。

有人用擴音器從其中一架直升機對他們喊話。「你們已經被包圍了。棄械投降。我重申一遍，棄械投降，否則我們就要開槍了。」

「我們又沒攜帶任何武器！」小班喊道。他還沒變聲，所以聽起來有點娘娘腔。

「小班，別跟他們辯了。高舉雙手就對了！」阿嬤迎著噪音吼叫。神偷雙人組高舉雙手。幾位格外英勇的員警一擁而上，槍口對準小班和阿嬤，把祖孫倆逼到退無可退、壓倒在地。

「不准動！」直升機的人聲說。

小班心想：一大批警察跪在我背上，我哪裡動得了啊？

這時一陣慌亂，戴皮手套的手對他們上下其手，還翻找阿嬤的手提包，想必是在找槍。假如目標是用過的面紙，他們一定會走運中頭彩。但最後他們什麼武器也沒找到。

接著小班跟阿嬤被上手銬，又從地上被拉起來。一個頭戴捲邊平底帽的大鼻子老頭從警力人牆後走出來。

他是帕克先生——阿嬤那好管閒事的鄰居。

30 一包糖

「自以爲天衣無縫，可以神不知鬼不覺地偷走王室御寶是吧？」帕克先生嘀咕道。「你們的陰謀全在我掌握中。嘿嘿，你們玩完了。警官，把他們帶走，關進牢裡再把鑰匙扔掉！」

員警把囚徒拉往兩輛等候中的警車。

「等一下，」小班吼道。「指控我們偷王室御寶，那請問一下，寶物在哪裡？」

「那有什麼問題！證據一到手，就能把你們兩個江洋神偷關到死了。去搜代步車的車籃。快去！」帕克先生說。

一名員警跑去翻車籃，找到一個被潮濕保鮮膜裹住的大包裹。

「啊，就是它，珠寶一定在裡面，」帕克先生胸有成竹地說，「把它拿給我。」

帕克先生沾沾自喜地瞥了阿嬤和小班一眼，然後開始拆包裹。

過了好幾分鐘，大包裹才變成小包裹。最後帕克先生終於拆到保鮮膜的末端。

「啊，太好了，珠寶在這裡！」他宣布的同時，裝甘藍湯的錫碗應聲掉在地上。

「帕克先生，可以請你還給我嗎？」阿嬤說。「那個是我的午餐欸。」

「去搜她家！」帕克先生咆哮道。

幾名員警用肩膀衝撞大門，試圖破門而入。阿嬤在旁邊看覺得實在太好笑了，後來放膽開口說：「我這裡有鑰匙，看你們需不需要！」

一名員警走向她，非常怯懦地接過鑰匙。

「太太，謝謝妳。」他客氣地說。

阿嬤跟小班互換一個笑容。

接著他打開大門，看似千軍萬馬的大陣仗衝進屋內。他們在平房搜得天翻地覆，只是沒過多久又空手而歸地步出房門。

「先生，屋裡恐怕沒有王室御寶，」其中一位員警說，「只有一個拼字板以及相當多碗的甘藍湯。」

帕克先生氣得面紅耳赤。他把全國一半的警察都找來了，結果現在卻徒勞無功。

「好了，帕克先生，」其中一名員警對他說。「算你走運，我們不打算用浪費警力的罪名逮捕你……」

「慢著！」帕克先生說。「珠寶不在他們身上或她家，並不表示沒被他們偷到手。我明明聽得一清二楚。去搜……她家花園。對！把它翻遍！」

員警伸手要他保持冷靜。「帕克先生，我們不能這樣——」

這時帕克先生的雙眼突然亮起勝利的光。「等一下。你們還沒問他倆今晚上哪兒去了。我很清楚，他倆是去偷王室御寶。我敢打賭，他們今晚沒有不在場證明！」

員警皺起眉頭，轉向小班和阿嬤。「其實他的提議不賴，」他說。「可不可以告訴我今晚你們去了哪裡？」帕克先生這下可樂得眉開眼笑。

就在那一剎那，另一位員警左搖右擺地走向他們。這個人長得挺眼熟的，小班看見他的八字鬍，便立刻想起他是誰。

「長官，我們剛才幫你把電話接到——」皮西法克舉起無線電對講機，話說到一半就停下來，目不轉睛地盯著小班和阿嬤。「哎喲！這不是保鮮膜生力軍嗎！」

「皮西夏克！」小班叫道。

「是法克！」法克糾正他。

「抱歉，我記錯了，法克。眞高興又見到你了。」

高階員警一臉困惑。「這是怎麼回事？」

「這個小朋友跟他阿嬤是保鮮膜鑑賞協會的成員，他們今晚去倫敦參加年會。其實是我開車送他們去的。」

「所以說，他們不是去偷王室御寶囉？」他的長官問道。

「不是！」皮西法克笑著說，「他們此行的目的是爲了跟氣泡袋鑑賞協會併社。還偷王室御寶咧！」他對小班和阿嬤綻露笑顏。「眞是笑掉別人大牙了！」

帕克先生的臉漲紅起來，「可是……可是……眞的是他們幹的啊！我跟你們說，他們是壞人！」

就在他氣急敗壞說個沒完的同時，高階警官從皮西法克手中接過無線電對講機。

「對。嗯哼。好的。謝謝，」

他說。然後他轉身面向小班和阿嬤。「電話那頭是政治保安處。我要他們去查王室御寶有沒有被人動過，結果它們還在原處。太太、小朋友，對不起，我們馬上爲你們解開手銬。」

帕克先生垂頭喪氣，心情無比低落。「不，不可能的——」

「帕克先生，要是我又聽說你偷窺別人的話，」員警警告道。「就要把你關進監獄過夜！」他瀟灑地轉身，走向其中一輛巡邏車，皮西法克跟在後頭，在離去的同時向小班和阿嬤揮揮手。

小班與阿嬤走向帕克先生，他們的手仍舊銬在一起。

「你聽到的那些全是編的，」小班說，「都是我阿嬤編給我聽的故事。帕克先生，我覺得你的想像力可能太豐富了。」

「可是……可是……可是……！」帕克先生氣勢凌人地說。

「我？國際珠寶神偷？」阿嬤咯咯竊笑。

警察也全都跟著暗自竊笑。

「你一定是傻了才會相信這種事，」她說，「小班，抱歉，」她對乖孫

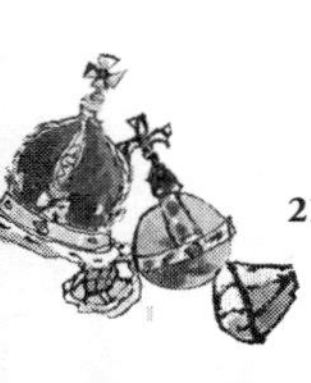

低語道。

「沒關係！」小班輕聲回話。

警察解開手銬，並匆忙返回警車裡，急速駛離格雷死胡同。

「太太，不好意思打擾你了，」其中一位員警在離去的同時說，「祝妳今天愉快。」

直昇機飛向高處，消失在黎明的天空，隨著槳葉愈轉愈快，帕克先生的寶貝捲邊平底帽從他的頭頂飛走，落入一個水坑。

阿嬤走向頭頂無帽、站在她家車道上的帕克先生。

「如果你需要跟我借包糖……」她和藹可親地說。

「怎麼樣……」帕克先生說。

「別敲我家大門，否則，我會把那包糖塞進你屁股裡。」阿嬤笑容可掬地說。

31 金光

旭日東升，格雷死胡同浸濡在一片金色的光芒中。地上留著朝露，脫俗的迷霧籠罩著這一小排平房，使它看上去莫名地神祕。

「那好吧，」阿嬤嘆息道。「小班小朋友，你最好趕快趁你爸媽起床前回家去。」

「他們根本不在乎我。」小班說。

「他們當然在乎你啊，」阿嬤邊說邊試探性地將她的乖孫摟在懷裡。「只是不曉得該怎麼表示。」

「也許吧。」

小班打了一個他這輩子打過最大的一個呵欠。「天哪，我好累哦。這個

晚上實在太讚了！」

「小班，這是我這輩子最驚險的一晚。說什麼我都不願錯過。」阿嬤目光閃爍，微笑著說。她深吸一口氣。

「哦，活著眞好。」

然後她熱淚盈眶。

「阿嬤，妳沒事吧？」小班輕聲問她。

阿嬤別過頭去，不讓小孫子看見她的淚水。「孩子，我沒事，眞的沒事。」她這樣回答的時候，聲音隨著情緒起伏而顫抖。

小班突然發覺事情不對勁。

「阿嬤，別這樣，妳跟我說嘛。」

他握住她的手。她的肌膚柔軟但憔悴且脆弱。

「這個嘛……」阿嬤猶豫不決地說，「親愛的，我還有另一件事說謊騙了你。」

小班感覺心一沉。

「什麼事？」他邊問邊捏她的手表示安慰。

「是這樣的，上星期醫生把化驗報告給我看，當時我說沒事，其實是騙你的。我病得不輕。」阿嬤頓了一下，「其實我得了癌症。」

「不會的，不會的……」小班眼眶噙淚地說。他聽過癌症，知道嚴重的可能會致命。

「就在你來醫院撞見醫生之前，他才在跟我說我的癌症已經到了，嗯……末期。」

「還剩多少時間？」小班語無倫次地說，「他說了沒有？」

「他說我活不過聖誕節。」

小班用盡力氣抱緊阿嬤，想用意力志把自己的命分給她。

他臉流滿面。上天眞不公平——他在幾個星期前才跟阿嬤熟起來，現在又眼看著要失去她。

「我不想要妳死。」

阿嬤望著小班好一會兒。

「孩子，沒有人能夠長生不老，但是我希望你不會忘了我這個無聊的老阿嬤！」

「妳一點也不無聊。妳是一個如假包換的神偷！別忘了我們差點就把王室御寶偷到手呢！」

阿嬤咯咯竊笑。

「沒錯，可是千萬別跟任何人提起喲，不然還是可能惹上一堆麻煩的。它只能是你我之間的小祕密。」

「你我還有女王！」小班說。

「也對！她真是個和藹可親的老傢伙。」

「阿嬤，我不會忘記妳的，」小班說。「妳會永遠活在我的心裡。」

「這是我聽過最感動的一句話。」老太婆說。

「阿嬤，我好愛妳。」

「小班，我也好愛你。不過你現在最好回家了。」

「我不想要離開妳。」

「親愛的，你眞是貼心，可是萬一，你把鼻跟馬迷醒來之後發現你不見了，一定會急得像是熱鍋上的螞蟻的。」

「他們才不會呢。」

「當然會囉。好了，小班，當個乖寶寶。」

小班心不甘情不願地起身，攙扶阿嬤上台階。

然後他緊緊抱住她，親吻她的臉頰。他已經不在意她的下巴長鬍子。事實上，他愛死它了。

他愛她助聽器的尖嘯聲，也愛她身上甘藍菜的味道。更重要的是，他愛她在不知不覺中放屁。

他愛她的一切。

「掰掰。」他輕聲道別。

「小班，掰掰。」

32

一家三口三明治

小班終於到家，卻發現車道上的褐色小車不見了。現在還是大清早呢。

這麼早他爸媽會上哪兒去？

儘管如此，他還是爬上排水管，從窗戶回到臥室。

爬回臥室是件苦差事，整晚熬夜已經夠他累的，那身潛水服又使他比平常更重。小班把《水管工程週刊》移到一旁，好把潛水服也藏在床底下。然後他盡量靜悄悄地換上睡衣爬上床。

就在準備闔眼的剎那，他聽見汽車迅速開進車道、家門被人打開的聲音，緊接著是他爸媽無法自拔的啜泣聲。

「到處都找遍了，」老爸抽著鼻涕說，「我不知道還能怎麼辦。」

「都是我笨，我的錯，」老媽淚眼汪汪，接著說，「我們根本不該逼他參加那個舞蹈大賽。他一定是離家出走了……」

「我去報警。」

「對，一定要報警。幾小時前就該報警了。」

「我們要叫全國上下的人都幫忙找……喂，喂，我要報案，謝謝……跟我兒子有關。我兒子失蹤了……」

小班萬分羞愧。原來他的爸媽眞的在乎他。

非常在乎。

他跳下床、猛然打開房門、下樓直奔爸媽的懷中。老爸放下電話。

「哦，我的兒子！我的兒子！」老爸喊道。

他從來沒有像此刻把小班抱得那麼緊過。老媽也環抱著兒子，最後他們一家三口就像是三明治，小班是內餡。

「哦，小班，謝天謝地你回來了！」老媽哭嚎道，「你跑去哪兒了？」

「去找阿嬤，」小班沒有完全說實話。「她……嗯，她病得很重。」他

難過地說。可是從爸媽臉上的反應看來，他知道他們並不意外。

「對……」老爸不安地說。「恐怕她……」

「我知道，」小班說。「我只是不敢相信你們居然瞞著我。她是我阿嬤欸！」

「我知道，」老爸說。「她也是我媽啊。兒子啊，抱歉我一直瞞著你，我只是不想害你難過……」

小班在這一刻看出老爸眼中的傷痛。「老爸，沒關係。」他說。

「我跟你媽整晚都在外面四處找你，」老爸繼續說，並且把兒子摟得更緊。「我們從沒想過要到阿嬤家找。你以前總說她很無聊。」

「哪有，她才不無聊呢。她是全天下最棒的阿嬤。」

老爸開心地笑了起來，「兒子啊，算你貼心。不過，還是可以跟我們報個平安嘛。」

「對不起。我在舞蹈大賽上讓你們大失所望，所以覺得……你們不會在乎我了。」

「不在乎你？」老爸一臉震驚地說，「我們愛你都來不及了！」

「小班，我們非常愛你！」老媽接著說，「你以後可不能這麼想了。誰在乎法拉法拉里主持的白癡舞蹈大賽啊？無論你做什麼，我都以你爲榮。」

「爸媽都以你爲榮。」老爸說。

如今他們全都笑中帶淚，分不清這究竟是悲傷還是喜悅的淚水。不過這也不重要，八成是悲喜交加吧。

「要不要去阿嬤家喝茶？」老媽問道。

「要，」小班說。「太好了。」

「我跟你爸聊了一下，」老媽邊說邊把兒子的手握在雙手中。「我發現那些水管工程雜誌了。」

「可是——」小班說。

「沒關係，」老媽接著說，「用不著難爲情。如果這是你的夢想，就勇敢逐夢吧！」

「眞的假的？」小班說。

「眞的！」老爸插嘴道。「只要你快樂就好。」

「不過啊……」老媽繼續往下說：「我跟你爸在想，要是最後你當不成水管工人，總得給自己留條退路……」

「退路？」小班問道。平常他已經夠搞不懂爸媽了，更何況是現在。

「對，」老爸說，「我們知道交際舞你不愛……」

「沒錯，」小班如釋重負地說。

「那要不要考慮一下冰上舞蹈呢？」老媽問道。

小班兩眼直瞪著她。

老媽只是把他當作透明人，目光筆直穿過他的身子，直到最後撐不下去才放聲狂笑。接著老爸也忍不住開始大笑，即使小班臉上淚水未乾，還是情不自禁地笑了起來。

33

沉默

在那之後，小班和爸媽的關係便改善了許多。他爸甚至陪他去五金行，買給他一些水管工具，和他一同拆U型管，度過一個快樂無比的午後。

後來，他們三個在聖誕節前一星期的深夜接到一通電話。

兩小時後，小班和爸媽圍在阿嬤的床邊。她住在安寧照護中心，醫院照顧不了的病人會被送到那裡。她時間不多了。大概再撐幾小時吧。護士說她隨時可能撒手人寰。

小班焦慮地坐在阿嬤床邊。雖然她閉著眼，而且好像無法言語，和她共處一室仍是緊繃到極點的經驗。

老爸在床腳來回踱步，不知該說什麼，也不知該如何是好。

老媽無能爲力，在一旁坐著觀望。
小班只是握著阿嬤的手。
他不願她獨自一人溜進黑暗。
他們聆聽她粗嘎不順的呼吸。聽起來很嚇人，不過有一種聲音更糟。
那就是沉默。
意味著她離開人世。
接著，出人意料的是，阿嬤睜開雙眼又眨眨眼，看見他們三個，臉上綻露笑容。「我……好餓。」她虛弱地說，並把手伸到床單底下，取出一個保鮮膜裹住的玩意兒，然後把它拆開。
「那是什麼？」小班問她。
「只是一小片甘藍蛋糕，」阿嬤氣喘吁吁地說，「老實說，這裡的食物難吃死了。」
過了一會兒，爸媽去販賣機投咖啡喝，但小班一刻也不願離開阿嬤身邊。他伸手抓住阿嬤的手。她的手乾澀且輕如鴻毛。

阿嬤緩緩轉過頭凝視他。小班看得出來她差不多了。她眨了一下眼。「你永遠是我的小小班尼。」她輕聲說。

小班想到自己以前多麼討厭這個綽號，不過現在卻愛死它了。「我知道，」他面帶笑容地說。「妳永遠是我的神偷阿嬤。」

後來阿嬤與世長辭，小班靜靜坐在爸媽的汽車後座，父母開車從安寧照護中心回家。他們全都哭累了。與此同時，大批人潮外出採買聖誕禮品，馬路上盡是車，電影院外排了長長的人龍。小班不敢相信才剛發生這麼晴天霹靂的事，世界居然照常運行。

車子拐過轉角，開往一小排商店街。

「我想去報攤一下可以嗎？」小班問道。「一下就好。」

老爸把車停下，車外細雪紛飛，小班獨自走進拉吉的店。

叮咚！店門開啓，門鈴作響。

「啊，小班班！」拉吉驚呼。報攤老闆似乎察覺到小班臉上的愁容。「發生什麼事了嗎？」

「對，拉吉……」小班語無倫次地說，「我阿嬤剛剛過世了。」告知阿嬤的死訊讓他的眼淚又奪眶而出。

拉吉從櫃台後方跑出來給小班一個大大的擁抱。

「哦，小班，我眞的很遺憾。我好一陣子沒見到她，就猜想她可能是身體不太舒服。」

「沒關係。拉吉，我只是想跟你說，」小班抽著鼻涕說：「很感謝你上回教訓我。你說得對，她一點也不無聊。她酷斃了。」

「小朋友，上回我不是在教訓你，只是覺得你大概從沒好好花時間了解你的阿嬤。」

「你說得沒錯。她好厲害，遠超過我的想像。」小班用衣袖拭淚。

拉吉開始在店內搜找。「我瞧瞧……原本有一包面紙的。放哪兒去了？

哦，找到了，在足球貼紙下面。拿去。」

報攤老闆打開面紙、遞給小班。男孩拿它拭淚。

「拉吉，謝謝你。現在面紙是不是買十包，其中一包免費呀？」他微笑著說。

「不不不！」拉吉竊笑道。

「買十五包，其中一包免費？」

拉吉一手搭在小班肩上。「你有所不知，」他說，「面紙免費供應。」

小班直瞪眼。在人類史上，從未聽過拉吉免費給過人任何東西。這眞是前所未聞、驚天動地。要是小班一不小心，這……這肯定讓他潸然淚下。

「拉吉，非常感謝，」他馬上回話，只是微微哽咽。「我最好回我爸媽那裡了。他們在外面等我。」

「好好好，但先等我一下，」拉吉說。「小班，我幫你準備了一份聖誕禮物。」他又在自個兒凌亂的小店東翻西找。「奇怪，放哪兒去了？」

小班眼睛一亮。他愛死禮物了。

「對了，就在復活節彩蛋後頭嘛。找到了啦！」拉吉一面呼喊，一面取出一包穆雷薄荷糖。

小班有那麼一點點兒的失望，但他盡力將它掩飾地很好。

「哇！拉吉，謝謝你。」小班使出他在學校話劇課學的拿手絕活。

「一整包的穆雷薄荷糖耶！」

「不是啦，只有一顆，」拉吉邊說邊打開糖果袋，取出一顆穆雷薄荷糖遞給小班。「這是你阿嬤的最愛。」

「我知道。」小班面帶微笑地說。

34

助行架

喪禮在聖誕節前夕舉行。以前小班從沒參加過喪禮。他覺得喪禮很詭異。棺材擱在教堂前，人們含糊不清地唱著陌生的聖歌沿路哀悼，一位從未見過阿嬤的牧師爲她致了冗長乏味的詞。

這不是牧師的錯，但不管是哪個老婆婆剛死，他都有辦法滔滔不絕地瞎扯。他單調沉悶地敘述她生前有多愛造訪歷史悠久的老教堂，而且總是對動物非常友善。

小班想要放聲大叫。他想告訴大家，他的爸媽叔伯舅舅姑姑阿姨，告訴大家她是個多讚的阿嬤。她說的故事是天下第一棒。

但他最想說的是他跟她一同經歷的精采冒險，祖孫倆如何差點成功偷到王室御寶，然後又意外見到女王。

只是不會有人相信他的。他只有十一歲。他們會以爲這整件事都是他瞎掰的。

他們回家後，大多數參加喪禮的人也湧入家中。人們喝了一杯又一杯的茶，三明治和香腸捲也是一盤接著一盤吃。這麼悲傷的時刻家裡還裝飾得很有聖誕節氣氛，感覺很不搭軋。

起初大家的話題都圍繞著阿嬤，不過沒多久就開始閒聊其他的事。

小班獨自坐在沙發上聽大人聊天。阿嬤把書全留給他了，如今全亂糟糟地在他臥室堆了好多疊。他很想把自己關在房間埋首書海。

過了一會兒，一位慈眉善目的老太婆靠著助行架緩緩地從房間另一頭走來，再小心翼翼地往他旁邊的沙發一坐。

「你一定就是小班。不記得我了，對吧？」老太婆說。

小班注視她好一會兒。

眞的被她說中了。

「上回我見到你的時候，是你週歲生日，」她說。

小班心想：難怪我沒有印象！

「我是你阿嬷的表妹愛德娜，」她說，「我在你這個年紀的時候，常跟你阿嬷一塊兒玩。幾年前我跌了一跤，無法自己照料生活起居，所以住進老人院。只有你阿嬷會來看我。」

「眞的假的？我們以爲她都足不出戶，」小班說。

「不是的，她一個月來看我一次。這可費事咧。她得換四班公車才能到我那兒。我感激得不得了。」

「她是個很特別的女性。」

「一點都沒錯。非常善良體貼。你要知道，我自己沒有小孩和孫子，所以會跟你阿嬷坐在老人院的會客室玩拼字遊戲，一玩就是好幾小時。」

「拼字遊戲？」小班反問她。

「是啊。她跟我說你也很愛玩呢。」愛德娜說。

小班情不自禁地微笑。

「沒錯，我很愛玩。」小班說。

出乎意料的是，他發現自己沒有說謊。回首過去，他確實很愛拼字遊戲。如今阿嬤已經離開人世了，他們共處的每分每秒更顯得珍貴。比王室御寶還要珍貴。

「她老是把你掛在嘴上，」愛德娜說，「你親愛的老阿嬤說你是她的生命之光，還說很期待你每個星期五到她家住，那是她一週最快樂的時光。」

「那也是我一週最快樂的時光。」小班說。

「這個嘛，假如你喜歡拼字遊戲，那一定要找一天來老人院，」愛德娜說。「你阿嬤走了，我需要個新搭擋。」

「我很樂意。」小班說。

當天晚上稍晚，爸媽收看《群星尬舞擂台》聖誕特別節目的時候，小班爬出臥室的窗戶，從排水管往下溜。他一聲不響地把單車牽出車庫，最後一

次騎車到阿嬤家。

細雪紛飛，單車的車輪嘎扎作響地輾過雪地。小班只顧著凝望白雪輕輕飄落地面，幾乎沒有看路，不過路線他早已銘記於心。過去幾個月以來，他騎單車到阿嬤家無數次了，路上哪邊有坑洞裂痕他都瞭若指掌。

他在阿嬤的小平房外停車。白雪散落在屋頂上。屋外的郵筒塞滿了信，屋裡一片漆黑，外頭矗立著「吉屋出售」的招牌，招牌上結著垂冰。

即使是這樣，小班還是有那麼點希望能從窗口看見阿嬤。

帶著滿懷希望的淺淺笑容望著他。

可是她當然不在。她已經永遠離開了。

不過她永遠住在他的心裡。

小班拭去一顆淚珠，深吸一口氣，然後騎車回家。

有朝一日，他一定有精采的故事要說給他的孫子聽。

後記

「聖誕節是一年當中很特別的日子，」女王說。她一如往常正經八百，威風凜凜地坐在白金漢宮的古董椅上，再次向全國發佈年度聖誕致詞。

小班和爸媽剛吃完聖誕午餐，和往年一樣倒在沙發上，一邊喝茶一邊收看女王致詞。

「家人歡聚同慶的日子。」女王陛下往下說。

「不過，別忘了關懷老人家。幾星期前，我在倫敦塔遇到一個和我年紀相仿的女士跟她的孫子。」

小班侷促不安地在座位蠕動。

他瞄了爸媽一眼，不過他們絲毫沒有察覺，繼續看電視。

「我不禁感慨，年輕人應該對老人家好一點。」

「如果你是年輕人，正在收看電視，或許下回在公車上可以讓座給老人，幫他們提購物袋。跟我們玩一回拼字遊戲。而且何不偶爾送我們一包好吃的穆雷薄荷糖？我們老人家最喜歡嚼薄荷糖了。」

「還有，最重要的是，全國的年輕人，我要你們記住，老人家一點也不無聊。你們絕對猜不到，有天我們說不定會讓你們大吃一驚呢。」

說完女王便調皮地咧嘴一笑，對著全國上下掀開裙子，露出她英國國旗圖案的內褲。

爸媽嚇到茶倒得滿地毯都是。

不過小班只是面露微笑。

他在心裡想著：女王是個如假包換的神偷。跟我的阿嬤一樣。

David Walliams

大衛・威廉幽默成長小說

《爺爺大逃亡》

定價：320 元

傑克很喜歡聽爺爺說二戰時期，駕駛噴火式戰鬥機的英勇事蹟。但是不知從哪天開始，爺爺開始忘東忘西，甚至忘了自己已經退休，述說二戰時的冒險故事，變得越來越眞實，以爲自己還在打戰。

當症狀越來越嚴重時，爸媽把爺爺送進了暮光之塔，但是傑克發現暮光之塔的院長跟護士們行跡詭異，於是決定營救爺爺，和爺爺一同翻天覆地鬧出一場二戰時的囚禁戲碼，成就一場驚險又刺激的大逃亡？

《壞爸爸》

定價：350 元

法蘭克的爸爸是一名碰碰車賽車手，是賽車場上的天王，他獲獎的次數無人能敵。但是有天晚上，爸爸的愛車「女王號」失控發生了意外，爸爸也因爲重傷必須截肢，賽車手生涯被迫結束。

儘管頓失收入，爸爸仍是法蘭克心中崇拜的英雄。可是某天，爸爸得意著新工作可以賺很多錢，法蘭克偷偷溜出門跟蹤爸爸，卻發現爸爸跟一群凶神惡煞攪和在一起，而且他們還逼爸爸在鎮上開起飆速飛車！爸爸到底怎麼了？這群壞蛋又是誰？那個人還是法蘭克心目中的英雄嗎？

大衛威廉幽默成長小說 1 ～ 6

定價：1740 元

《神偷阿嬤》
《臭臭先生》
《小鬼富翁》
《巫婆牙醫》
《爺爺大逃亡》
《壞爸爸》
套書合輯。

大衛威廉幽默成長小說 7 ～ 12

定價：2150 元

《午夜幫》
《壞心姑媽》
《冰原怪獸》
《鼠來堡》
《瞪西毛怪》
《皇家魔獸》
套書合輯。

David Walliams

大衛・威廉幽默成長小說

《鼠來堡》

定價：320 元

柔伊有個非常懶惰的繼母－吸辣，繼母的興趣就是整日坐在沙發上看電視吃洋芋片，任何家務都由年紀還小的柔伊包辦，而柔伊平時還得面對在學校遭田娜霸凌的麻煩日子。

寵物鼠阿米蒂奇是平撫柔伊悲慘人生的唯一慰藉，但是校門口賣漢堡的伯特卻對阿米蒂奇心懷不軌。

某天阿米蒂奇被抓走了，柔伊聽到伯特與她繼母之間的對話，阿米蒂奇恐慘遭不測，她一定要去救牠！

《瞪西毛怪》

定價：320 元

溫先生與溫太太是世上最溫和的父母，但他們的女兒淘淘卻恰恰相反，爲了滿足女兒的需求，每天都手忙腳亂。儘管她想要的東西都有了，卻還不夠，遠遠不夠！現在，這女孩，還要一個「瞪西」！

父母爲了寶貝女兒，哪怕是探訪圖書館的神祕地窖，鑽研那本會自己活蹦亂跳的古老的怪物百科，深入最深幽最暗黑最叢林的熱帶叢林，穿過歐洲大陸，跨越非洲，只爲了將淘淘想要的「瞪西」給帶回家！

但當瞪西的炸彈式登場後，又即將引爆出一個無敵瘋狂又離奇的荒誕故事。

《皇家魔獸》

定價：390 元

距今一百年的 2120 年，世界皆已籠罩在黑暗之下。艾弗列是英國的王子，他已十二歲，但是打從出生以來就沒有離開過白金漢宮，也從沒有見過白日的陽光。

在這樣的黑暗世界中，英國倫敦遭遇前所未有的革命反叛，倫敦之眼傾倒，聖保羅教堂被燒毀，戒嚴之下，誰都不準外出。在這樣的肅殺氣氛之中，艾弗列的母后被皇家侍衛強行無禮地拖到塔頂去，就連父王也已變得兩眼無神，行屍走肉。

他躡手躡腳地跑竄整個白金漢宮，他想要知道眞相，卻意外發現國王的貼身忠僕護國公操控著國王的一切……原來是護國公利用巫術，奪取皇家的血脈，想將國王的獸籠雕像們賦予生命，統治世界！

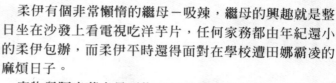

國家圖書館出版品預行編目資料

神偷阿嬤 / 大衛・威廉著;東尼・羅斯繪;
謝雅文譯. -- 初版. -- 臺中市 : 晨星, 2014.10
面； 公分.--（蘋果文庫；57）
譯自：Gangsta Granny
ISBN 978-986-177-917-1(平裝)
873.59 103016272

蘋果文庫 057

神偷阿嬤

作者 | 大衛・威廉、繪者 | 東尼・羅斯、譯者 | 謝雅文
主編 | 郭玟君、責任編輯 | 林儀涵
封面設計 | 黃裴文、美術設計 | 曾麗香

創辦人 | 陳銘民
發行所 | 晨星出版有限公司、台中市407工業區30路1號
TEL:(04)23595820 FAX:(04)23550581
行政院新聞局局版台業字第2500號
法律顧問 | 陳思成律師
初版 | 西元2014 年10月15日
十一刷 | 西元2023年6月10日

讀者服務專線 | TEL：（02）23672044 /（04）23595819#212
讀者傳眞專線 | FAX：（02）23635741 /（04）23595493
讀者專用信箱 | service@morningstar.com.tw
網路書店 | http://www.morningstar.com.tw
郵政劃撥 | 15060393（知己圖書股份有限公司）
印刷 | 上好印刷股份有限公司

ISBN | 978-986-177-917-1
定價 | 250元

Originally published in English by HarperCollins Children's Book under the title:
GANGSTA GRANNY

蘋果文庫 悄悄話回函

親愛的大小朋友：

感謝您購買晨星出版蘋果文庫的書籍。即日起，凡填寫此回函並附上郵資55元（工本費）寄回晨星出版，就可以獲得精美好禮乙份！

打★號為必填項目

★購買的書是：神偷阿嬤＿＿＿＿＿＿＿＿＿＿

★姓名：＿＿＿＿＿＿＿＿　★性別：□男 □女　★生日：西元＿＿＿年＿＿月＿＿日

★電話：＿＿＿＿＿＿＿＿　★e-mail：＿＿＿＿＿＿＿＿＿＿

★地址：□□□ ＿＿＿＿ 縣／市 ＿＿＿＿ 鄉／鎮／市／區

＿＿＿＿ 路／街 ＿＿ 段 ＿＿ 巷 ＿＿ 弄 ＿＿ 號 ＿＿ 樓／室

職業：□學生／就讀學校：＿＿＿＿＿　□老師／任教學校：＿＿＿＿＿

□服務 □製造 □科技 □軍公教 □金融 □傳播 □其他＿＿＿＿

怎麼知道這本書的呢？

□老師買的 □父母買的 □自己買的 □其他＿＿＿＿＿＿

希望晨星能出版哪些青少年書籍：（複選）

□奇幻冒險 □勵志故事 □幽默故事 □推理故事 □藝術人文

□中外經典名著 □自然科學與環境教育 □漫畫 □其他＿＿＿＿＿

請寫下感想或意見

線上填寫回函立即
獲得 50 元購書金

請黏貼
8元郵票

407　台中市工業區30路1號
晨星出版有限公司

TEL：（04）23595820　FAX：（04）23550581

e-mail：service@morningstar.com.tw

http://www.morningstar.com.tw

請延虛線摺下裝訂，謝謝！

神偷阿嬤
GANGSTA GRANNY